KB250287

사랑 그 소중함
Love, Its Preciousness

사랑 그 소중함

사랑 그 소중함

2024년 1월 22일 초판 1쇄 인쇄
2024년 1월 30일 초판 1쇄 발행

지은이 | 김해연
펴낸이 | 孫貞順

펴낸곳 | 도서출판 작가
　　　　(03756) 서울 서대문구 북아현로6길 50
　　　　전화 | 02)365-8111~2 팩스 | 02)365-8110
　　　　이메일 | cultura@cultura.co.kr
　　　　홈페이지 | www.cultura.co.kr
　　　　등록번호 | 제13-630호(2000. 2. 9.)

편집 | 손희 김치성 설재원
디자인 | 오경은 박근영
영업 | 박영민
관리 | 이용승

ISBN 979-11-90566-77-3 (03810)

잘못된 책은 구입하신 서점에서 바꾸어 드립니다.

값 20,000원

사랑 그 소중함
Love, Its Preciousness

김해연 그림에세이

Jenny Kim

작가

CONTENTS

그 깊은 그리움의 치명적인 매력

김종근(미술평론가)

　낯선 타국에서 이방인으로 살아본 사람들에게는 정말 기막힌 공통점이 있다. 한국말만 얼핏 스쳐도, 아니 대한민국 태극기만 봐도 울컥울컥 차오르는 것이 있다. 이는 자기를 낳아준 나라를 떠나본 사람들이 갖는 조국에 대한 진한, 더할 나위 없는 그리움인 것이다.

　파리에서 오랜 유학 생활을 해 본 나또한 그랬다. 그렇다. 그래서인지 김해연의 진솔하고 애틋한 그리움에 사무친 글과 그림들을 보면서 난 조국을 떠난 사람들의 심경에 동화되어 나도 모르게 그렇지! 그랬어! 하는 공감의 감탄사를 반복했다. 마치 꼭꼭 숨겨둔 나의 비망록이나 서랍 속 일기를 꺼내보기라도 하듯이 가슴이 뭉클했다.

　이처럼 김해연 작가가 낯선 이국땅에서 작업해온 이 적지 않은 글과 그림의 붓질 하나하나에는 작가의 실핏줄 같은 조국을 향한 그리움과 이방인의 풍경이 그대로 읽혀진다. 특히 김해연의 그림은 그 모티브와 깊은 붓 터치에서 중년 여류작가의 삶의 지혜와 연륜이 그 울림을 더하고 있다.

　"모든 예술가에게 가장 위대한 스승은 자연이다"라고 세관원 출신의 화가 앙리 루소는 절규했다. 화가에게도 자연보다 더 나은 스승이나 교육은 없다는 것이다. 앙리 루소는 단 한 번도 프랑스를 떠나본 적이 없지만 그는 화폭 가득 정글의 야생동물과 울창한 숲으로 가득 찬 아프리카의 이국적인 자연과 풍경을 상상으로 재현하였다.

　앙리 루소처럼 김해연의 그림 또한 자연의 풍경을 문학적 상상력으로 재현해서 일까. 그녀의 그림은 소박하지만 은유적인 내면의 깊이를 더한다. 그리지 않고서는 견딜 수 없었기에 진솔하고 소박한 자연의 꽃과 풍경들을 가슴속에 새기듯이 담아냈다. 그래서일까. 작가는 두 번째 작품집을 묶으면서 "욕망과 질투로 글을 쓰고 그림을 그리기 시작했다"고 부끄럽고도 솔직한 심경을 고백했다.

그림을 잘 그리든, 글을 잘 쓰든, 예술가들에게 세상이 말하는 그러한 기준은 중요치 않다. 이 지구상에서 활동하는 많은 예술가들은 자신의 작품을 다 완성하고 나면, 왠지 내 모든 열정을 쏟아 부어 좀 더 최선의 노력을 다하지 못한 것만 같아 자꾸만 아쉬움과 미련이 남는다.

김해연의 그림을 천천히, 조금 더 깊게 한 번 들여다보자. 어떤 풍경은 마치 폴 세잔처럼 큐비즘처럼 신선하기도 하고, 또 어떤 풍경은 조지아 오키프처럼 도발적이며 낯설게 클로즈업되어 눈앞으로 쳐들어온다.

부채에 그려진 〈고유의 색상〉 선면화扇面畵는 추상표현주의를 떠올리게 하고, 〈균형〉의 테이블은 무생물이지만 이 사물의 추상개념에 인격을 부여하여 사실적인 의인화처럼 다가온다. 그 외에도 〈그네〉나 〈그리움〉은 추억에서 길어 올린 한국 안방에서의 생활 장면이 부치지 못한 편지처럼 외로움이 묻어난다.

이처럼 김해연의 작품들은 어떠한 형식이나 규정에 얽매이기보다 거침없는 감정의 생채기를 담백하게 풀어낸다. 또한 그녀의 그림이 주는 감동은 세련미와 색채의 조화와 아름다움도 있지만, 이렇게 생경하지만 꾸밈없고 솔직한 묘사의 맛도 빼놓을 수 없다. 이 묘사의 미학이야말로 김해연 그림이 주는 또 하나의 진솔하고도 시각적인 즐거움이다.

모든 예술가의 시작은 어쩌면 중독이다. 그래서 한번 이 중독성 깊은 예술세계에 발을 담군 화가들은 이 세계를 빠져나가서는 결코 행복할 수 없다. 잠시 이 세계에서 절망하여 방황하며, 이탈힐지라도 언젠가는 다시 나를 미치게 했던 아티스트의 길로 되돌아오게 된다. 그리고 또다시 숙명처럼 그림 작업에 내 모든 열정을 불태우게 된다. 김해연 작가 또한 그러했을 것이다.

한 보헤미안 방랑자의 이야기처럼, 김해연 작가의 진솔한 예술적 감수성을 담아낸 이 그림에세이는 우리의 내면을 더 높고 깊은 심상心象의 세계로 인도하며, 우리들의 눈과 귀를 솔깃해지게 만들 것이다.

따뜻하고 그윽한 글과 그림의 만남

– 김해연 그림에세이 『사랑 그 소중함』에 붙여

김종회(문학평론가, 한국디카시인협회 회장)

그의 글과 그림이 지향하는 곳

　김해연은 이화여대 미술대학 서양화과를 졸업하고 화가의 길을 걷기 시작했다. 젊은 시절에 태평양을 건너 미국으로 이주했고, 현지 작품활동으로 캘리포니아 산타클라라 〈Country Art Fair〉에서 두 차례의 대상과 장려상을 수상했다. 그리고 미국과 한국에서 각각 개인전을 열기도 했다. 그런가 하면 2009년《한국수필》신인상을 통해 문단에 나왔으며, 오랜 기간《미주한국일보》의 칼럼 필진으로 글을 썼다. 2020년에 상재上梓한 첫 그림에세이『나비, 세상 속으로 날다』이후 이번의 책은 두 번째가 되는 셈이다. 그 사이에는 4년의 상거相距가 있다. 두 책의 구성과 내용을 모두 알고 있는 필자로서는 매우 흥미로웠다. 이 짧지 않은 세월에, 김해연의 글과 그림은 어떻게 같고 또 어떻게 달라졌을까.

　그의 글과 그림은 한결같이 온정적이면서도 유현幽玄한 의미의 축적을 지향한다. 평범한 일상을 범박한 방식으로 말하거나 표현하는 것은 그의 의도와 거리가 멀다. 그렇다고 무슨 고급한 지적 수준이나 배타적 자기영역을 추구하는 것도 아니다. 그는 이 글의 제목에서 제시한 바와 같이 '따뜻하고 그윽한' 세계의 주인공이기를 원한다. 소박하면서도 품위 있고, 조촐하면서도 그 내부에 숨은 열정으로 인해 화려한 글과 그림! 그러고 보면 거기에 영일 없이 자신을 독려하며 걸어온 인생 세간의 깨달음과 원숙함이 배어 있다. 이번 책의 그림은, 그림을 잘 모르는 필자가 보기에 그 이미지가 강렬하고 선명하다. 아마도 이는 그가 세상을 관찰하는 눈이 명료하게 정돈되고, 그 마음에 합한 방향성을 확정했다는 증좌가 아닐까.

일상 속의 소소함과 그 소중함

글쓰기에 있어 이미 일정한 등급을 확보한 그의 그림에세이들은, 반면에 차분하고 정교한 발걸음을 옮겨놓는다. 마치 찰랑거리는 시냇물처럼 그 소리가 청아하고, 밝아오는 여명처럼 읽는 이의 가슴을 훈훈하게 덥혀준다. 그림과 연동된 글은 순후하고 조화로운 악수를 나누고 있으며, 이를 수행하는 문장의 결이 고우면서도 힘이 있다. 이를테면 평론가의 날 선 눈으로도 별반 흠결을 찾아낼 수 없는 수준이다. 모르긴 해도 이러한 상황은, 그가 인생관에 있어 윤리적 완전주의자이면서 예술관에 있어 완결성의 미학을 추구한다는 사실과 연관이 있을 것이다. 그런데 이 '완전주의'라는 것은 참으로 곤비困憊한 길을 가는 발걸음과도 같다. 다만 김해연은 기꺼이 그리고 고집스럽게 그 길을 가는 작가다.

이 책의 1부 〈균형을 잡으며〉는 매일같이 반복되는 삶 가운데서 지혜롭게 포착할 수 있는 긴요한 각성, 또 이를 토대로 한 이성적이고 엄정한 자기관리에 관한 글이 위주로 되어 있다. 서두에 있는 「가을에 전하는 안부」를 보면, 오랜만에 소통하는 지인과 정호승의 시를 화두로 문자를 주고받는 이야기다. 그런데 인용된 시의 제목이 매우 격렬하다. '외로우니까 사람이다'에서 '사랑하다 죽어버려라'로 발전하다니. 시로 읽을 때와 문자로 교환할 때의 어휘들은 당연히 달라야 마땅하다. 이 난감한 국면을 잘 추스르고 넘어간 작가는, 성숙한 심경으로 '시가 고픈 가을이다'라고 고백한다. 작가가 생각하는 '강한 사람'은 건강·경제·정신이 튼튼한 사람이며, 작가 스스로도 그 경지를 목표로 하고 있다.

「균형」에서는 의자 하나를 그리며 열 번도 더 지우고 고치고 하던 경험을 토로한다. 그는 '그림 속 의자 하나가 제대로 서 있는 것도 힘이 든다'는 것을 그 경험 끝에 체득한다. 세상의 사물과 우리 삶의 형편이 이렇게 한 묶음으로 공존하는 것이 아닌가. 이 경우에도 정답은 있는 그대로 진솔하게 살기인 것 같다. 그래서 작가는 '포장하며 살기'를 그만하겠다고 단언한다. 「결실」이나 「그네」 같은 글에는 그 기저에 지속적으로 가족의 담화가 잠복해 있다. '눈 내리는 3월'에 보낸 모친은 아직도 그의 가슴 한편을 점유하고 있는 터이다. 이 모든 관계성이 남겨둔 그리움들은 언제나 '나의 몫'이다. 그것은 작가에게 마음의 짐이기도 하겠으나, 궁극적으로는 인생을 설레는 마음으로 살게 하는 광원光源이기도 할 것이다.

2부 〈사랑 그 소중함〉에 이르러서도 이제까지 유지해온 글쓰기의 유형과 행보가 그대로 이어져 있다. 2부에서는 특히 사라지는 것들에 대한 안타까움과 그 아픔에 대한 서술이 많다. '나'와 연관된 모든 것들에 대한 작고 소탈하고 귀한 사랑이 하나의 행렬을 이루고 있는 셈이다. 「동백꽃」에서 신혼여행의 추억, 「또 다른 어머니날이 오면」에서 채워져 있던 자리가 빈 공허감, 「바람 자욱」에서 느닷없이 받은 가까운 이의 부고 등이 그렇다. 「사랑 그 소중함」에서 '짧은 하루만의 풋사랑이라도 사랑하는 것'이 더없이 좋다는 언술이나 「소살리토」에서 '나만의 구석 자리'에 대한 술회도 마찬가지다. 마침내 작가는 '시간이라는 삶의 비밀'을 갖고 있다고 말하며, '스스로가 가진 외로움을 껴안고 가듯 부족함도 껴안으며 살아도 괜찮은 것'이라는 언표言表에 이른다.

'나'의 길 찾아가는 설렘의 여정

이 책의 3부 「언어의 온도」에서는 작가 자신이 '나'의 길을 찾아가는 방향성과, 그 길에 있어서의 교류와 소통에 대한 생각을 주로 담아낸다. 기실 자기에게 합당한 생애의 길을 찾은 사람만큼 행복한 사람은 없을 것이다. 이때의 길은 세속 저잣거리의 명성이나 재물의 축적과 같은 외형적인 것이 아니다. 한 개인이 그 가슴 속에 비밀스럽고 곱게 간직하고 있는 내면의 속사람, 그 품성의 가치에 대한 것이다. 이러한 평가와 판단의 기준은 저 오랜 옛날부터 지금 여기에 이르기까지, 사람의 값을 가늠하는 시금석試金石이 되어왔다. 「신데렐라」에서 '나만이 할 수 있는, 꼭 내가 해야 하는 것으로 내가 나의 신분을 상승해주고 싶다는 욕구'는 바로 이것을 말한다.

「언어의 온도」는 작가가 읽은 다른 책의 제목을 빌려 왔다. 그는 '상대가 싫어하는 걸 하지 않는 것이야말로 큰 사랑이 아닐까'라는 문장에 경도傾倒된다. 여기 '서로에게 가슴으로 번지는 따뜻한 온도의 말'이 있다. 「열정과 아름다움」에서 작가는 '다양성과 창의성'에 대해 언급한다. 필자 또한 추사 김정희의 금언金言 하나를 옮겨올 참이다. "난초를 그리는 데 있어 법이 있다는 말도 안 될 말이지만 법이 없다는 말도 안 될 말이다!" 예술의 창의성과 규범성을 함께 말하는 이 격언은, 김해연뿐만 아니라 모든 예술가에게 두루 적용되는 방향 지시가 될 것으로 본다. 「음악」에서 예거한 '구속이 아닌 그윽함'이나 「진심」에서 진심을 '손끝의 작은 움직임'만으로도 충분히 느낀다는 표현은, 작가의 글솜씨가 한결 고아高雅한 자기 세계를 구축해가고 있음을 감각 하게 한다.

「이름값」은 해연海燕, 바다제비라는 이름의 유래에 대해 이를 아버지의 기억과 함께 반추하고 있는 뜻깊은 글이다. 이렇게 이미 지나가서 되돌릴 수 없는 것들은 아프고 슬프고 아름답다. 그것을 가슴 저 밑바닥에서 느낄 수 있기에 문인은 글을 쓰고 화가는 그림을 그린다. 누가 있어 이 모양을 두고 한 생애에 부여받은 숙명이라 하지 않을 수 있을까. 작가는 「집은 그 사람이다」에서, 이에 대해 '채우는 것이 아니라 가진 것을 지키며 살아가는 것'이라고 썼다. 이 책의 말미에서 작가는, 책을 준비하면서 느낀 욕망과 부끄러움에 대해 얘기했다. 그리고 '이제는 내가 나에게 자랑하며 칭찬받으며 또 이쁨받고 싶다'고 선언했다. 그렇다. 우리 모두 스스로의 자리와 지위를 알뜰하게 지키지 않는 한 삶의 보람이 있을 수 없다. 이 책이 김해연에게 있어 바로 그 존재 증명이기를 기대해 마지않는다.

1부

균형을 잡으며

〈가을에 전하는 안부〉 20X16in 아크릴

가을에 전하는 안부

옛날을 돌아보며 후회하는 것을 좋아하지 않는다. 아니 그것을 싫어한다. 돌아갈 수 없는 시간을 위해 굳이 마음속 깊은 곳에 묻혀있는 것을 꺼내어 다시 고치고 부수는 일들은 부질없다는 생각이다. 그러나 지금도 좋은 사람들과의 관계는, 세월이 많이 흐르고 더없이 멀리 떨어져 있어 자주 만나지 못하여도 예전을 되돌아보며 그리워하고 미소 지으며 행복해한다.

오랫동안 '무소식이 희소식'이라 여겼던, 먼 곳에 살고 있는 그녀가 몇 년 만의 꽤 늦은 토요일 밤에 안부를 묻는 문자를 보내왔다. 제일 먼저 떠오른 생각은 그녀가 지금 무척 외롭고 누군가를 많이 그리워한다는 것이었다. 우리는 비즈니스로 만나 서로를 알아보며 가까워졌고, 오랜 세월이 지났음에도 서로의 다정함은 잊지 않고 있었다.

무엇보다, 이를 기억하듯 내게 달려와 준 것이 신기하면서도 고마웠다. 반가운 마음과 설렘으로 열어본, 다른 무엇도 묻지 않는 "잘 지내?"라는 짧은 안부가 괜스레 아프고 연민이 가는 것은 아마 토요일이라는 느슨함과 까만 밤이 주는 묘한 뉘앙스 때문일 것이다.

정호승 시인의 시를 인용하여 "사람은 다 외롭다. 외로우니까 사람인 것이다."라 보냈더니 그녀는 "사랑하다 죽어버려라….."라고 답했다. 갑작스러운 다른 사람의 외로움을 어떻게 받아들이고 달래며 잠들게 해야 할지 난감한 순간이었다. 그러나 그녀는 곧바로 "좋은 글이에요…. 견뎌야죠." 하며 잘 자라는 인사와 함께 느닷없이 왔던 그대로 사라져 버렸다.

며칠 내내 그녀 생각을 하며 지냈다. 햇살 밝은 날에 다시 전화할까 망설이다, 무얼 하기보다는 그냥 지나간 옛날로 내버려 두는 것이 제일 나을 것이라는 생각이 들었다. 이렇게 관계는 설명 하나 없이도 길게 이어진다. 나와 그녀의 기억 속에 한동안 머무르다, 또 다른 가을 늦은 밤 문득 서럽게 외로워지면 서로를 찾아내어 스쳐 지나가듯 짧게 마음을 열어놓을 것이다. 내어놓지 못하고 덮어놓은 무거운 장독간의 뚜껑처럼, 가끔 한 번씩은 그것을 열어 진한 햇빛으로 말려주어야 밑에 있는 무언가가 더없이 잘 익어 깊어질 것이라 믿어본다.

이제 다시 시詩가 고픈 가을이다.

내 마음도 잘 모르면서 다른 이의 깊은 마음에서 우러난 진한 시를 이해한다고 하지는 않는다. 다만 전해온 잊지 않는 마음을 받아들이면서, 다 늦은 가을의 외로운 이들에게 안부를 묻는다.

강한 사람

　　강한 사람 – 강한 여자를 꿈꾼다. 죽는 순간까지 여자이면서 끝없이 사랑하고 사랑받으며, 스스로 자신의 길을 찾아내 마침내 원하는 것을 이루는 그런 사람이고 싶다. 그렇게 되려면 제일 먼저 튼튼한 육체와 경제적인 독립과 그리고 정신적인 강인함이 있어야 할 것이다. 건강이 좋지 않아 다른 이들에게 작은 일상의 도움을 받아야 한다거나, 경제적으로 힘들어 누군가에게 기대게 되거나, 늘 다른 이들의 사랑과 관심을 원한다면 어쩔 수 없이 하나의 독립된 사람 – 여자로 살아가기 힘들 것이다. 아침에 일어나면 제일 먼저 뉴스를 본다. 요즘처럼 생활반경이 한없이 작아져 소통이 멀어져 있을 때는, 더더욱 세상이 어디로 향하고 있는지 또 살고 있는 나라의 혼란은 언제까지이며 무엇이 어떻게 밤사이에 달라져 있는지를 알아야만, 하루를 시작하며 그나마 준비한다. 오늘 아침은 미국 최초의 여자 부통령으로 출발과 전진을 의미하는 하얀색 정장을 입은 카말라 해리스Kamala Harris가 첫 연설을 하고 있다. 그녀의 멋지고 당당하며 더 없는 승리의 기쁨을 숨기지 않는 자신감과 진심으로 마음을 열고 대화하듯 “내가 부통령직을 수행하는 첫 여성이지만 결코 마지막은 아닐 것이다”라는 말에 알 수 없는 뭉클함과 짜릿함에 가슴이 두근거리며 눈물이 솟는다. 편견에 지쳐 있는 이들에게 꿈을 꾸며 확신을 가지라며 “다른 사람들이 단지 본 적이 없기 때문에 보지 못하는, 스스로의 모습을 보라”고 그녀는 말한다.

　　꿈을 이루기 위해 다른 사람들이 본 적 없는, 아니 보여준 적이 없는 나의 참모습을 찾으려 오늘도 주문을 외운다 – 스스로를 가장 빛나게 만드는 것은 자신이라고. 세상은 변하고 있고 그 변화의 물결은 생각하는 것보다 훨씬 더 가까이에, 환한 미래로 와있을 거라 믿고 기다린다. 기다림이 헛되지 않도록, 정신적인 단단함을 챙겨 두 발 땅에 딛고 숨 한번 크게 들어 내쉰 후 고개 들어 먼 하늘 올려다보며, 다시 오늘 내게 주어진 책상 가득한 일들을 마주한다. 그리고 건강하며 강한 사람이 되기 위해 운동화 끈 단단히 조이며 달리는 길 위에 성큼 올라선다.

〈강한 사람〉 8X10in 아크릴

결실

늘 이맘때면 올 한해는 무슨 결실을 보고 어떤 열매를 거두었는지 되돌아보며, 다시 새로운 결심과 단단한 목표를 만들곤 했다. 그러나 이제는 후회하고 반성하고 새로운 무언가를 시작하는 것보다, 있는 그대로를 칭찬하며 다독거려주고 용기 줄 수 있는 일이 무엇인지 찾아 커다랗게 벽에 붙여놓을 생각이다. 이만큼이라도 "잘했다, 괜찮다." 하며 살아도 크게 나무라는 이 없었을 터인데 왜 그리도 인색하게 굴었는지, 미안하다. 많은 것이 변하고 낯선 달라진 세상에 대한 두려움도 크지만, 큰 탈 없이 늘상 하고 있는 그대로 – 힘든 상황과 혼란의 새로운 급격한 변화에도 잘 지키며 살고 있다. 식구들을 위해 시장에 가고 음식을 만들고 집 청소하며 마당에 물주고 또 대추 따서 말리고 점점 주홍색으로 익어가는 감을 거두어, 좋아하는 이들과 나눌 생각으로 나름 행복하다.

올해는 정말 많은 종류의 요리를 열심히 만들었고 배웠다. 곁의 모두가 그대로 있기를 소원하는 절실함이 배여 있었고, 만드는 과정 안에서 더욱 소중한 가족의 의미를 새로이 찾았고, 감사했다. 훌륭하지는 않지만, 사랑이 더해진 음식의 종류와 숫자만큼 서로에게 가까워졌으며 의지하고 신뢰하게 되었다. 더 이상의 외로움을 버리고, 서로에게 기대며 눈 맞추고 맛있는 음식을 나누는 순간이 얼마나 행복하고 감사한지, "당신들을 사랑합니다. 그리고 감사합니다." 하며 글썽인다. 사는 것에 휘둘려 모르고 지나왔던 시간도 있지만, 지나가 버린 것은 그대로 흘려보내고, 지금 바로 앞의 모든 것을 즐기며 사랑하려 한다. 잊고 있었던 오래된 사랑을 확인하고 서로 같은 곳을 바라보며 지금까지 지내온 세월을 소중히 간직하는 새로운 기회를 가지게 되었고, 지독히 나쁜 상황이 꼭 그렇게 다 나쁜 것만은 아니라고 다시금 배웠다.

무엇을 하였고 또 어떻게 살았냐고 군이 되묻지 않아도, 크게 잘한 거 없이 무언가를 이루지 않았어도, 꿋꿋이 살아있다는 큰 결실을 보았다. 이렇게 한해의 마지막 가까이에 무사히 와있고, 지금은 더욱더 가까운 이들과 속마음을 전하고 서로를 응원하며 잘했다고 칭찬해주는 11월이 되기를 준비하면서, 올해의 결실은 더없이 단단하다고 말하련다.

〈결실〉 8X10in 아크릴

〈고유의 색상〉 20X16in 아크릴과 부채

고유의 색상

　　　　세상의 모든 것은 고유의 색을 지니고 있다. 눈에 보이는 똑같은 검정색 하나하나도 채도가 다르고 명도가 다르다.

　어느덧 2년 반을 넘겨버린 시간을 스스로의 의지와 목적이 아닌, 강하고 이상한 억지의 떠밀림으로 - 다른 곳은 바라보지 못한 채 오로지 생존만 지키고서 사는 상황 안에서 버티고 있다. 오랜 세월 만들어 온 살가운 인간적인 연결과는 동떨어져 마치 무인도에 남겨진 사람처럼, 혼자만의 장소와 시야와 마음으로, 바로 우물 안의 개구리가 돼버렸다. 다른 풍경도 보고 새로운 사람들도 만나고 무언가를 부딪쳐야만 반사적으로 튕겨져 나오는 파닥거리는 생생한 본능도 살아날 것인데, 그냥 지나가는 시간 따라 무덤덤한 모양으로 남겨져 있는 것이다.

　어느 하루 그림을 그리려 텅 빈 하얗고 네모진 캔버스를 앞에 놓고 앉으면, 막막하면서 두렵고 순간 무섭다. 무엇을 그리며 무슨 색으로 나아가야 하는지 모르는 채, 사각의 나무로 만든 판 위에 던지듯 나를 내려놓는다. 감정의 순환이 제대로 되지 않은 막막함으로, 잘해야 한다는 조바심과 제법 괜찮은 그림을 그리고 싶어 하는 욕망도 끄집어 놓는다. 세상 밖으로 나가 각 생물체의 부딪힘으로 보이는 생명의 불꽃 송이도 바라보고 또 내 안에 숨어있는 감성과 열정을 밖으로 내보내야 할 것 같은데도, 감정은 미끄러지고 의욕은 힘이 빠지고 생각은 먼지를 뒤집어쓴 채로 우두커니 앉아 있다. 그러나 문득 이것은 여전히 나만의 색상을 찾으려 애쓰는 과정일지도 모른다는 생각이, 일요일 성당 안 미사 중에 떠올랐다. 겸손의 무릎을 꿇고 원하고 소원하는 마음에 고스란히 집중하면서 같은 공간에서 깊은 마음 하나로 기대고 올리는 하나하나의 기도가, 바로 각자 본연의 색상인 채도와 명도일 거라는 생각이 들었다.

무심하고 여전히 잘못하고 자주 화를 내며, 모자라는 모든 것들을 부러워한다. 그러나 자신이 통제할 수 없는 무력함보다는, 자유로운 마음으로 편안함으로 적응하며 지켜가는 넉넉한 삶의 방식을 배워가는 사람이기를 또 희망한다. 무엇으로 어떻게 밀쳐지고 어느 방향으로 전환점을 돌아가게 되더라도, 포기하지 않은 채 내가 지닌 나만의 고유 색상을 지키며 그려지는 괜찮은 작품이었으면 한다.

균형

　　　　　얼마 전 의자 하나를 그리며 적어도 열 번은 더 지우고 고치고 하며 제대로 균형 잡고 서있기를 바랐다. 실제가 아닌 그림 속 의자 하나가 제대로 서있는 것도 힘이 든다는 걸 그때 알아차렸다. 문득 올려다 본 하늘에 하얀 뭉게구름이 둥둥 떠가는 걸 보면서, 도대체 난 여기서 뭐 하고 있는 것일까 또 무엇을 위해 왜 이곳에 있는 것일까 하는 질문이 올라온다.실제 이런 질문들은 근원적이라 결국 아무런 답도 얻지 못하면서 우울감에 젖는다. 혼자 시작하는 많은 생각들을 실제 사람들과의 만남과 공감으로 어쩌면 가볍게 풀어갈 수 있는 것을, 오히려 그 안에 파묻히기 시작하면 점점 더 늪에 빠지며 허우적거리게 된다. 생각의 균형이 필요한 것이다.

　　오랜만에, 긴 시간을 함께 책을 읽고 나누는 세월로 비슷하게 나이 들어가며 서로의 자리와 공간을 지키며 살아가는 인생의 친구들을 만났다. 늘 적당한 거리의 마음으로 균형을 맞추면서 각자의 보폭으로 어깨동무하며, 삶의 반환점을 돌아 결승점으로 가고 있다. 모두가 그 결승점이 어디인지 알고 있어 덤으로 겸손도 알고 있다. 오늘은 바깥으로 나와 맛있는 음식과 더없는 반가움과 정겨운 웃음으로 허물없는 시간을 보내며, 바로 이것이 사는 것이고 또 이런 것들이 사람과 사람으로 연결되는 것이라 느꼈다. 결국 우리는 타인들과의 접촉 없이는 그리고 함께 공유하는 것 없이는 다 헛마음질이었던 것이다. 관계에도 균형이 필요한 것이다.

　　이제 더는 포장하며 살기에는 나도 세상도 변했다.

　　무엇으로 붙들고 지키며 다른 사람들의 생각보다 나의 의지와 깊이로 살아야 할지는, 문득 하늘의 구름을 보며 솟아나는 질문만큼 제대로 된 답을 찾지 못하는 것이다. 여전히 길을 헤매고 또 엉뚱한 길 한가운데에 뜬금없이 있더라도, 반환점을 돌아온 원래 왔던 길을 기억해야 한다. 작은 의자 하나도 제대로 균형 잡으며 서있으려고 애쓰는데, 난 하나의 사람임을 알고 제대로 가야 하는 것이다.

〈균형〉 8X10in 아크릴

그네

　　갑자기 추석 어느 날 산에 올라가 그네를 탔던 기억이 난다. 생각해보니 아마 8살이나 9살쯤이었던 것 같다. 작은 바닷가 동네에서 자랐고 서울에서 피난 오신 아버지셔서 가까운 친척도 오가지를 않아, 그날 하루는 아무것도 하지 않은 채 온종일 식구들과 TV 속 흘러간 영화를 보았다. 점심을 먹고 긴 낮잠을 잔 후, 용돈을 챙겨 슬며시 초등학교 뒤편의 낮은 산으로 올라간 것이다. 기억으로는 많은 사람이 줄을 서 기다리고 있었고 내 차례가 되어 커다란 나무에 새끼줄로 단단히 묶어놓은 그네에 올랐다. 누군가가 어려서 위험하지 않겠느냐는 걱정어린 말을 한 기억도 난다. 그래서 안아 올려준 두 발을 나무판 위에다 얹고 꼭 붙잡으라는 소리와 함께 천천히 밀어주면, 스스로 무릎과 배로 힘을 주어 더 높게 바람 속으로 날아간다. 순간, 발아래 살고 있는 동네가 보이고 하늘을 난다는 자유와 통쾌함과 함께 강한 바람에 가슴이 벅차고 뭔지 모르는 짜릿함을, 지금도 그 느낌에 휩쓸린다. 아무도 모르는 은밀함과 하늘을 나는 심장이 움찔거리는 순간을 잊지 못해, 몇 년 동안을 그렇게 몰래 명절날이면 비밀스럽게 다녔었다. 누구에게도 말하지 않았고 또 언제 그만 가게 되었는지도 모른 채, 몇십 년을 기억 속 서랍 속에 묵혀 있었던 것이 툭 하며 튀어나온 것이다.

　　지금도 그때 그 시절의 친구들을 만난다. 몇 년의 한번 겨우이지만, 오랫동안 가장 많이 깊게 연결되고 있는 친한 친구의 엄마가 아주 편찮으시다는 이야기를 듣고 난 후 이런 기억이 났을 것이다. 삶과 죽음의 순간에 마주쳐 떠나는 순간을 기다리는 마음은 말하지 않아도 참 슬프다. 나도 몇 년 전, 봄 중에 가장 추운 – 눈 내리는 3월의 병실에서 엄마를 보낼 준비를 하며 힘들어했었다. 엄마보다 아버지를 더 사랑했고 살가운 엄마가 아니었기에 늘 서운한 마음으로 살았는데, 그 엄마를 오롯이 혼자 삶에서 떠나보내는 준비를 한 것이다. 세상은 흘러 흘러 또 앞으로 나아간다. 비록 어릴 적 추억에 젖지만 나 또한 어느 날은 그렇게 작별하며 떠날 것이다. 아름다운 기억들이 감싸고 또 작별하며 그네를 타듯 훨훨 날개를 달고 더 높은 곳에 오를 거라는 상상으로, 다시 만날 날을 기다리며 무릎 꿇는다.

〈그네〉 8X10in 아크릴

〈그리움〉 8X10in 아크릴

그리움

　　　그립다는 것은 어떤 사람이나 시간 혹은 사물을 보고 싶거나 만나고 싶은 간절한 마음이다. 그렇게 2년 넘도록 가지 못한 서울을, 억지로 막아놓았다는 이유로 더 많이 그리웠고 꼭 가야만 한다는 이상한 욕심으로 혼자 떠났다. 사실 몇 번을 연기하고 벌금까지 낸 비행기표와 호텔을 핑계 삼아, 말리는 식구들을 모르는 척하고서는, 서둘러 가방을 챙겨 떠난 것이다. 도착한 비행기 안에서, 해가 지는 인천공항의 활주로에서 바라본 노을은 더없이 붉었고 왠지 모르는 설렘에 가슴도 마음도 흔들렸다.

　강남의 작은 호텔에 들어서자 벌써 깜깜해져 있었고, 이곳에서는 아는 사람이 없다는 용기로 혼자 당당하게 불고기 백반에 맥주 하나를 시켜 늦은 저녁을 먹었다. 불과 하루 전과는 전혀 다른 곳에서의 또 다른 나를 생각하며 웃고 또 웃었다.

　그렇게 시작한 서울에서, 제일 보고 싶은 친구를 만나자마자 가고 싶은 곳과 먹고 싶은 음식들의 이름들을 순서대로 나열하면서, 마음껏 즐길 준비를 하고 들떠있었다. 동대문 시장으로 시작한 여정은 3일째 되는 날부터 이상하게 온몸이 움직이지 못하게 아프기 시작하였고 또 높은 열로 인해 결국 병원을 찾았다. 걱정할만한 심각한 병은 아니지만 심한 몸살과 과로와 시차로 인한 병이라 무조건 쉬어야 한다는 경고와 함께 한 꾸러미의 약을 처방받아, 드디어 호텔 방에서 아프기 시작했다.

　함께 20일 동안 놀아 주기로 한 친구는 종류도 다양한 죽을 들고 나타나서는 웃음을 참지 못하였고, 어쩔 수 없이 모든 계획은 다 사라져버렸다. 죽과 물만 먹으며 일주일을 넘겨 조금 나아지는 것 같아 배달하여 먹은 막국수는 독이 되었고, 결국 그날 밤 119를 불러 응급실에 실려 가는 이상한 사건도 생겼다. 병원에서는 의료보험이 없는 외국인이 되었고, 그렇게 아픈 통증은 한밤의 응급실에서 기다리는 2시간 동안 사라졌고, 배시시 멀쩡하게 침대에서 일어나 괜찮다고 하고선 택시를 타고 유유히 호텔로 돌아왔다.

　무조건 일정을 앞당겨 살고 있는 미국으로 돌아가면 아픈 것도 다 사라질 것 같아 서둘러 떠났고, 지금은 건강을 회복하고 잘 지낸다. 그러나 살던 곳을 떠나 먼 곳에 살고 있는, 가슴 밑바닥 아래 숨겨놓은 그리움 – 보고 싶다는 간절함은 돌아가 살지 않는 한 없어지지 않을 거라는 것을 잘 알고 있다. 다시금 건강이 좋아지고 일상으로 돌아와 2023년의 새 달력을 펼치면서, 막연한 한가득의 그리움으로 남아있는 곳으로 가고 싶어, 또 서두른다.

거꾸로 본 세상

머리를 아래쪽으로 둔 채 세상을 바라보니 전혀 다른 모습이다.

매일 곁에 있던 똑같은 것들이 새삼 낯설고 이상하다. 오랫동안 허리가 좋지 않아 조심하며 살고 있지만, 가끔 심한 통증이 오면 평소의 사소한 일들이 아주 큰일이 된다. 그런 때에는 침대에서 일어나는 것부터 시작하여 세수하고 의자에 앉아 신문을 보는 작은 일상의 일들이 대단한 것들로 변신한다. 늘 하던 그대로 하면서 산다는 것이 결코 쉬운 일이 아닌 자랑할 만한 일이었던 것이다. 우연히, 허리를 붙들고 제대로 걷지 못하는 모습을 본 누군가가 거꾸로 서 있는 운동을 하면 좋다기에, 매일 아침저녁, 기구를 이용하여 머리를 땅 쪽으로 내리는 운동을 시작하였다. 처음엔 무서움과 어지럼증에 눈을 감고 있었지만, 점점 익숙해지면서 저절로 눈을 뜨고 뒤집힌 세상을 본다. 언제나 벽에 걸려 있던 그림들과 커다란 거실의 문짝과 거미줄이 보이는 높은 천장을 한 번도 눈여겨본 적이 없었는데 새롭다. 그렇지, 세상은 이렇게도 볼 수 있는 것인데 난 앞으로 바라본 세상만이 전부인 것처럼 살아왔던 것이다. 갇혀있는 고정관념과 선입감 때문에 오히려 세상을 한쪽으로만 보면서.

알고 있었고, 배웠으며, 경험한 지금까지의 모든 것들에서 벗어나 자유롭게 열려있는 마음으로 세상을 보는 눈을 가져야 하는데, 나는 습관처럼 누군가를 처음으로 만나면 제일 먼저 그 사람의 옷차림과 얼굴 모습과 말투 등으로 짐작하고, 물건 하나를 선택할 때에도 그것의 가치보다 성급하게 상표를 보고 결정한다. 세상 속의 사람이나 사물이나 모든 것은 다 변해가는데 여전히 난 고정관념에 묶여 멈추어져 있었던 것이다.

어느덧 몇 달 동안 얼굴을 땅 쪽으로 놓고 있는 운동 덕분인지 허리는 조금씩 나아져 가고, 나는 더 자연스럽게 뒤집혀 있는 사물들을 본다. 그러면서 조금씩 내 인식 안에 굳어져 선입감으로 마주치던 일상 속의 모든 것들을, 새로운 각도로 다르게 볼 여유도 생겨간다. 변하지 않으면 고인 채로 썩어간단다. 세상의 흐름에 굳이 함께 따라갈 이유는 없겠지만, 그래도 어떻게 변하고 있고 어떤 새로운 인식들이 달라져 가고 있는지, 열린 마음과 눈으로 바라보며 사는 훈련과 연습도 필요한 거였다.

〈끝맺음〉 8X10in 아크

나의 몫

　　　　　언제나 나쁜 일이 있거나 힘든 일이 생기면 어쩔 수 없는 나의 몫이라 먼저 생각한다. 그렇게 시작하고 풀어나가면 조금이라도 덜 상처받고 힘들어하지 않을 것 같아 미리 주문을 걸어 놓는 것이다. 저마다 살아가는 방법과 주위의 환경과 품고 있는 생각이 다르듯, 같은 문제를 앞에 놓고 그것에 적응하며 지나가는 길이도 순서도 모두 제각각이다. 품고 있는 문제들과 힘든 마음을 마치 없었던 것처럼 숨겨놓지만, 결국은 스스로 해결하지 않으면 다시 같은 문제 앞에 서게 되고, 후회하게 된다. 마치 꼭 읽어야 하는 두껍고 어려운 책을 끝낸 후 마지막 책장을 덮는 후련함처럼, 삶의 숙제를 끝내고 덮어야 하는 것이다.

　어릴 적 노는 것에 팔려 방학 일기 숙제를 제날짜에 맞춰 쓰지 않고 있다, 방학이 끝나가는 마지막 주일이면 한꺼번에 몰아 쓰곤 하였다. 오늘의 날씨는 흐림과 맑음과 비를 마음대로 만들었고 그날에 했던 일들도 뒤죽박죽이었다. 그러나 마치 소설을 쓰듯 하루하루 지어낸 이야기를 만들어 일기장 한 권을 끝낸 후의 후련하고 우스꽝스러운 당당함을 기억한다. 꼭 해야만 하는 것이었는데 미루고 억지로라도 생각하지 않으려 밀쳐 두었기에, 애꿎은 마음만 한동안 불편하게 보냈던 것이다. 살면서 스스로 풀 수 없는 일이 생기거나 사람과의 관계에 휘둘리거나 진심이 통하지 않는 막막함에 휩싸이면 또 생각한다. 이것은 내가 해야 하는 몫이고 끝내야 하는 숙제라고. 늘 평안하기를 그리고 넓은 마음의 평화를 기원하면서 또 다른 언덕을 넘어간다. 그렇게 소소하니 다독이며 지나와 지금 여기 살고 있다.

　이제 다시 새로운 해의 시작이라고 1부터 되돌아간다. 12 숫자가 마지막이지만 언제나 맨 앞에는 1이 함께 앞서며 걸어간다. 처음 시작하면서 먹었던 마음을 잊지 말라고 하는 것 같다. 작년 한 해 다가온 좋지 않은 것들을 바람에 펼쳐놓은 이불의 먼지를 세차게 두드려 날려 보내듯 툴툴 털어 버리련다. 그리고 살면서 부딪히는 좋은 일과 나쁜 일 모두 순순한 나의 몫으로 받아들이며, 처음 먹은 마음으로 새롭게 시작한다.

〈나의 몫〉 7X6in 아크릴

〈달리기 (뒷마당)〉 8X10in 아크릴

달리기

　　　　　삶이 마치 달리기 같다고 생각을 하곤 한다. 짧은 거리를 온 힘을 다해 달려 순간의 속도로 승부를 좌우하는 단거리 뛰기가 아니라, 자신에게 맞는 속도를 유지하며 오랫동안 달려가는 마라톤 같은 것이라 여기며 조심하고 산다. 처음부터 너무 기운을 써버리면 나중엔 정말 결승점 앞에 가보지도 못하는 허약한 체질인 걸 알고 있어, 의식적으로 무엇이든 천천히 감당할 수 있는 능력 안에서 해야 한다고 다독거린다. 그렇지만 더 빠른 속도로 멋지고 힘차게 달려, 느린 걸음에도 숨이 가쁜 내 곁을 지나쳐 가는 사람들의 뒷모습을 바라보며, 가끔은 분수 넘치는 욕심을 부려보고 싶을 때도 있다. 요즘 무라카미 하루키에게 빠져 있어 그의 책들을 읽고 있다. 책 속에서, 그는 마라톤 선수처럼 매일 쉬지 않고 뛰면서 자신을 단련하며 생각을 단순화하고 강한 정신력과 체력을 기른다고 한다. 길 위에서 철저한 혼자로서의 외로움과 고통과 극한을 넘기면서, 스쳐 가는 풍경과 자신과의 타협으로 그는 글쓰기를 다시 배우고 소설을 구상하며, 오늘도 어느 길 위를 쉬지 않고 달리고 있을 것이다.

　　혼자 노는 것을 좋아한다. 아니 무라카미 하루키가 말한 것처럼 혼자 있는 것을 고통스럽게 여기지 않는 성격이다. 경쟁과 다툼으로 가끔 머리를 부딪치며 살지만, 사람의 기본적인 성격은 그다지 급격하게 변하지 않는 것이기에, 있는 그대로 받아들이며 서로의 삶을 살아간다. 먼 길을 걷다 넘어져 무릎에서 흐르는 피가 무서워 울고 있을 때, 누군가가 빨간약으로 상처를 소독하며 호~ 하며 쓰린 곳에 불어주는 입김을 기억한다. 비가 갑자기 쏟아져 우두커니 서 있을 때 – 비록 우산은 작지만, 서로의 어깨 하나가 비에 젖더라도 – 함께 같이 가자고 팔짱 끼며 웃던 모습도 떠오른다. 긴 마라톤의 결승점은 멀고 그만하고 싶고 힘들지만, 늘 어딘가에서 이렇게 상처 난 곳에 빨간약도 발라주고 또 세찬 비가 쏟아져 젖더라도 함께 같이 가자고 해주는 아름다운 사람들이 있다. 오늘 하루도 용기 내고 기운 돋으며, 먼 길 도중에 만나는 작은 감동의 순간들로도 삶을 살아갈 이유도 목적도 한가득하다. 힘들고 지친 해가 넘어가고 새롭고 건강하며 희망을 품어도 되는 새로운 해가 솟았다.

　　모두 함께 멋진 삶의 달리기를 계속하길 기원한다.

독립기념일

아침에 일어나면 가끔 무엇이었는지는 잊어버리지만 역시 한국말로 꿈을 꾼 것은 안다. 오랜 세월을 다른 나라에서 살며 다른 언어를 배우면서 마치 그들처럼 살고 있지만, 여전히 태어나 처음 배운 나라의 말로 꿈을 꾸고 혼잣말하며 가끔은 후련하게 욕도 하면서 산다. 무엇으로 왜 무슨 이유로 이곳에서 오랫동안 살게 되었는지를 운명이라는 단어보다 더 쉬운 것으로 찾아보지만, 그냥 신기하고 알 수 없다.

자신의 꿈을 이루기 위해 혼자 서울에서의 생활을 시작한 아들이 3년 후 미국으로 되돌아와, 웃으며 그러나 슬픔으로 울었던 이야기를 꺼내 놓는다. 스무 살의 앞날은 안개 속에 있었고, 태어나 오래 살고 똑같이 언어를 구사할 수 있어도 여전한 외국인으로 살고 있는 미국에서의 좌절이, 같은 한국이라면 자신을 열어 보이는 것이 가능할 거라는 생각으로 떠난 거란다. 참기 힘든 향수와 되돌아가고 싶은 후회와 이방인으로 적응하며 살게 된 7월, 너무도 영어를 하고 싶어 이태원을 찾은 길가에서 혼자 걷고 있는 어린 흑인 병사를 만나자마자 "Happy 4th of July" 한마디에 둘은 껴안고 한참을 울었다고 한다.

난 한국말로 여전히 꿈을 꾸고 있고 그 애는 영어로 꿈을 꾸고 있는 두 나라의 사람이다. 8월 15일은 나의 독립기념일이며, 그 애는 7월 4일이 독립기념일이라 뒷마당에서 열심히 고기를 굽는다. 서로의 사랑과 마음은 핏줄이라는 강한 밧줄로 묶여 절대로 떨어질 수 없는 관계이지만, 난 고향을 떠난 연어처럼 나이 들면 살던 곳으로 돌아가야 하는 본능을 지니고 있고, 그 애는 영원히 이곳이 고향이 되어 연어의 꿈 같은 것은 생각조차 없이 살아갈 것이다. 후회하지 않는다, 그리고 돌아가지 못해도 제법 살만하다. 세월이 주는 습관을 편하게 받아들이며 이제 또 뒷마당에서의 독립기념 축하 놀이를 준비할 것이다. 이곳에서 살고 있는 우리 모두에게 행복해지자고, 그리고 즐거운 날이 되자고 말한다.

"Happy 4th of July"

〈독립기념일〉 11X9in 아크릴

2부

사랑 그 소중함

〈동백꽃〉 8X10in 아크릴

동백꽃

아직 차가운 2월의 날씨이다. 붉은색과 하얀색 동백꽃이 서로 친구하며 어우러진 동그란 모습으로, 미처 새로운 잎을 띄우지 못한 채 봄을 기다리고 있는 앙상한 가지의 다른 나무들을 다독이며 위로하듯 환하게 피어있다. 꽃말이 진실한 사랑이란다. 수더분하고 청아하며 마치 세상의 복들이 겹겹의 꽃잎 하나하나에 다 붙어 있을 것 같은 둥근 모습으로, 유난히 초록빛이 반짝이는 이파리와 함께 서로 다정히 기대며 잘 자라고 있다. 시간이 지나 대개의 꽃은 꽃잎 하나하나 떨어져 지는 것과 달리 동백꽃은 꽃잎이 전부 붙은 채 한 송이 그대로 떨어져, 바라보는 마음이 짠하다.

아주 옛날, 결혼식을 끝내고 떠난 신혼여행이 거제도 해금강이었다. 주민등록증을 잃어버려 비행기를 탈 수 없었고 차가운 눈이 오는 초봄의 꽃샘추위와 몇 시간을 터덜거리는 시골 버스를 타고 도착한 바닷가 절벽 위의 낡은 호텔로 밤늦게 지쳐 들어선 순간, 갑자기 터진 왠지 모를 서러움으로 밤새 울고 뒤척이다, 아주 늦은 아침을 맞았다. 호텔의 투숙객은 단지 우리뿐이었고 어젯밤의 지독한 바람과 추위와 눈발은 완전히 사라진, 부드러운 바람과 따뜻한 날씨와 눈부시게 빛나는 햇살이 환한, 아름다운 날이 기다리고 있었다.

커피 한잔을 들고 내려온 호텔 앞마당과 주변에 피어있는 붉고 하얀 동백꽃들은 경이로웠고 축복이었으며 감탄이었다. 정말 어젯밤까지 품었던 모든 불평과 불만 그리고 미래에 대한 두려움과 뭔가를 작별한 막연한 서러움들이 순식간에 사라져 버리고, 어쩌면 이 결혼은 정말 멋질 거라는 예감과 그것을 믿었다. 온종일 섬을 돌아다니며 동백꽃을 따다 실을 꿰어 목걸이를 만들고, 매 식사때마다 호텔 식구들과 웃고 떠들며 지낸 삼박사일의 짧은 신혼여행은 끝났고, 어느 날 문득 커다란 비행기를 보상이라도 하듯 반나절을 지겹게 타고서는 먼 나라 이곳으로 이사를 왔다.

　유독 추운 겨울에만, 다른 나무들은 아직 따뜻한 봄을 기다리는 동안, 서둘러 꿋꿋이 크고 복스럽고 단단한 꽃을 피우며 여전히 동백나무와 나는 잘 자라고 있다. 향기가 아름답고 화려하고 귀하며 우아한 다른 어떤 꽃들보다 더 씩씩하게 자신에게 순응하며 함께 어우러져 피어있는 동백꽃을 바라보며, 후회와 원망의 지나가버린 과거보다 현재의 여전히 진행 중인 긴 결혼생활을 뒤돌아보며 그때의 예감과 축복을 떠올린다.

또 다른 어머니날이 오면

가끔, 사람들이 북적이는 오래된 시장 안 온갖 좌판들이 즐비한 곳에서 한가득 김밥 떡볶이 등등 주문해 놓고선, 마냥 우두커니 앉아있는 꿈을 꾼다. 깨고 나면 참 많이 서운하다. 배고픔이 아니라 마음이 고파서 그런가 싶다. 5월의 어머니날이 또 가까워졌다. 엄마가 돌아가신 뒤의 빈자리가 참으로 넓어 여전히 서성인다. 늘 단단하고 커다란 모습으로, 다정하고 살가운 엄마가 아니라 어떻게 삶을 살아야 하고 무엇을 하며 나이가 들어야 하는지 일러주시며, 모자란 딸을 나무라셨다. 또 사랑에 빠져있을 때도 세상은 결코 여자와 남자 둘로만 나누어진 것이 아니라고 애써 알려 주셨다.

〈또 다른 어머니날〉 12X14in 아크릴

요즘 이상한 병 때문에 모두가 밖으로 나오지 않은 채 움직이질 않으니 어느 날은 토끼가 마당에 나타나 느긋이 놀고 있다. 회색빛의 자그마한 모습인데 별 두려움 없이 한번 흘깃 보더니, 나무 아래로 유유히 사라진다. 그렇게 누군가가 힘을 잃으니 그동안 숨어 살고 있는 다른 누군가가 나타난 것이다. 원래 채워져 있던 자리가 비면 또 다른 무언가가 그 자리를 메꾸며 그렇게 살아지는 것인가 보다.

　몇 년째 어머니날이 오면 전화기를 손에 들고서는 없어져 버린 옛집의 번호를 돌린다. 전혀 모르는 사람이 받으면 끊어버리지만, 마음 속에 쏴한 바람이 일어난다. 제대로 일러주신 걸 미처 깨닫지도 못하고 혼자 마음대로 하던 지난날들이 부끄러워 더 억지 부리고 짜증 내며 과장했었는데, 이제는 그 허세가 딱 그만큼 내게로 들어와 버려 마음이 허기진 것이다. 뒷마당의 빈자리에 나타난 토끼처럼, 다른 무언가가 다시 채워지고 그것을 대신할 것이 있을지는 모르겠다. 그렇지만 또 다른 어머니날이 오면서 배운다. 삶이라는 것이 - 풍족하고 완벽하며 전혀 불편하지 않고 사는 것보다 - 채워지지 않고 목마르고 고픈 것이 있음으로 더 애쓰고 아파하며 앞으로 나아가는 것이라고, 엄마가 일러 주신다.

〈마음속의 지도 한 장〉 8X10in 아크릴

마음속에 있는 지도 한 장

　　　　　　어딘가로 떠나고 싶다는 마음이 들면 제일 먼저 어디로 갈까 하며 목적지를 결정한다. 그러면서 가고자 하는 곳이 얼마나 멀리 떨어져 있는지 그리고 어떻게 가면 빠르게 갈 수 있을지 궁금한 마음에, 서둘러 지도를 챙겨본다. 결국 산다는 것도 마음속에 있는 지도 한 장 가지고서 떠나는 긴 여행 같다는 생각이다. 잠시 떠나는 것이 아닌, 삶이라는 여정의 지도를 따라 세상의 숱한 여러 갈래의 길 위에서 나만의 선택을 하고 또 가끔은 길을 잃고 막막한 무서움에 떨고 있을 때도 있지만, 뜻하지 않은 산들바람을 맞으며 숨차게 올라온 산 아래를 내려다보며 안도감 속에 서있기도 한다. 그러나 사실 그 목적지가 어디인지 잘 알고 있다. 다만 모르는 척 아니 지금 가고 있는 길이 영원할 거라 착각하며 살지만, 모두가 같은 목적지의 같은 길의 끝이다.

　　모르는 것 투성이의 미국 생활에서 운전보다 먼저 배운 것이 지도를 보고 길을 찾는 법이었다. 넓디넓은 땅에서 처음 가보는 길을 가는 유일한 방법이, 지도를 보며 하나씩 길 이름을 읽고 더듬거리며 골목을 돌아 집 번호를 확인하면서 찾아가는 것이었다. 목적지를 찾느라 복잡한 길 위에서 조금 서성거려도 뒤를 따르는 차들도 이해해주면서 기다려 주던 시절이다. 작은 글씨의 동네 이름과 큰길이 만나는 교차로를 노란색 형광펜으로 길게 그으면서, 한번 왔던 길의 기억을 떠올리며, 잘도 돌아다녔다. 그러던 어느 날 짧은 여행으로 떠났던 남쪽 1번 도로가 심한 비바람으로 끊어져 있어 급히 지도를 보고 찾은 길에서, 너무 일찍 모퉁이를 돌아버려 황망한 산속에서 길을 잃어버린 채, 해는 저물고 이른 점심 탓에 배도 고프고 또한 자동차의 연료 표시도 거의 바닥으로 깜깜한 어둠 속에 갇힌 적이 있다. 막막함과 두려움으로 한참을 헤매다 어쩌다 올라선 산 귀퉁이를 돌자마자 갑자기 환해진 불빛의 길 위 주유소를 만나는 신비한 놀라움에 깊은숨을 내쉬며 큰 울음을 터트렸었다. 물론 삶이라는 테두리 안에서도, 서두르지 않고 그나마 길을 잃지 않고 가려고 마음속 지도를 몇 번이나 보며 모퉁이를 확인하고 가지만, 가끔은 막다른 골목길과 짙은 먹색의 어둠 속에서 헤매다 뜻하지 않은 경이로운 환한 일들이 기다리고 있던 적도 있다.

시간이 많이 흘러 이젠 색도 바래졌고 접어둔 네 모퉁이가 닳고 해어져 잘 보이지 않는
종이 지도와, 철들면서 챙겨본 마음속에 펼쳐져 있는 얼룩투성이의 낡은 지도 ─ 그 둘을 함
께 품은 채, 기다란 미국에서의 삶을 여전히 살아간다.

〈바람 자욱〉 29X39in 아크릴

바람 자욱

　　바람이 불고 있는지 아니면 없는 듯 그냥 스쳐 지나가는지 몰라, 마당에 걸어 둔 기다랗고 가냘픈 조개껍질 풍경 소리로 알아챈다. 작고 여린 소리이지만 "나 지금 여기 지나가고 있어" 하며 살랑살랑 들려주는 소리가 참 좋다. 바람에 색이 있다면 아마 푸른색일 거라 상상해본다. 살면서, 누군가는 있는지 없는지 소리 내지 않은 채 조용히 자신의 몫을 살다 어느 날 먼 길을 떠나고, 또 어떤 이는 지나가는 자욱 하나씩 표현하며 살다 떠나는 사람도 있다. 그렇게 차이 나는 다름도 모두 귀한, 소중한 인생일 것이다.

　　아침에 열어본 이메일 속 부고에 생소한 이름이 보였다. 전혀 모르는 다만 가까운 동네의 주소라 어떤 분일까 하며 지나쳤다. 그런데 다름 아닌 바로 30년 넘게 알고 지낸 – 그렇지만 남편의 성으로 바뀌고 또 영어 이름으로 불린 – 그녀였다. 마지막 순간에 본래의 이름으로 먼발치의 내게 이별 소식을 전했다. 그녀는 참으로 많은 일에 열정적이었다. 그림 그리고 도자기를 하며 고전무용을 하고 기타를 치며 다른 이들을 위한 봉사도 열심으로 – 정말 지나가는 소리 알려주며 – 하며 살았었다. 가끔은 그러지 못하는 내게 재촉하는 것이 부담스러워 마주치면 슬며시 다른 쪽으로 돌아가곤 했지만, 늘 사람들과 어울리며 활동적인 건강한 모습을 부러워했다. 뭐라도 도움이 되고 싶은 마음으로 다른 이를 위해 기꺼이 그리했을 터인데, 고마운 마음과 서운함이 함께 온다.

　　누군가는 자신이 생각하고 알고 있는 것을 표현하는 게 서툴러, 미처 말하지 못한 채 하루를 일주일을 한 달을… 그렇게 자기 자리 지키며 무심한 듯 지나간다. 또 누군가는 무엇이라도 지나가는 흔적을 남기고 싶어, 숨겨진 재능을 찾아 소리 내며 그것을 실현하기 위해 노력하며 애쓴다. 무엇이든 어떠하든 모두가 시리도록 아름답다.

　　바람 자욱따라 들려주는 각각의 소리가 듣기 좋아 매달아 놓은 풍경 줄들이, 며칠 전 심한 바람에 헝클러진 채 뭉쳐있는 걸 하나씩 풀면서, 열정으로 살다 떠난 그녀에게 오늘 아침 안녕이라고 작별 인사를 하며, 오랜만에 올려다본 하늘이 거기에 있었다.

밥상 너머

　　오늘도 쌀을 씻어 밥을 하고 콩나물을 다듬어 국을 끓이며 반찬을 만든다. 다른 의식들과 생각들은 환경과 교육에 의해 달라지며 세월 따라 변해가지만, 오래전 부모에 의해 길들여지고 만들어진 입맛과 혀의 기억은 날이 갈수록 더욱더 진해지고 생생해진다. 스스로 사랑하는 사람을 위한 음식을 만들기 시작하며 솜씨도 늘고 또 시간과 삶의 방식도 훨씬 더 좋은 방향으로 변했겠지만, 여전히 밥솥에 손을 넣어 물을 가늠하고 좋아하는 밥을 맞춘다. 작은 일인 것 같지만 내 몸을 빌려 태어난 나의 아이도 그 정성으로 생존을 위한 진한 영양소와 사랑으로 뿌리내리며, 먼 타국에서 세대를 넘어 살아갈 것이다.

　　오래전 막냇동생이 살고 있는 중국 베이징을 갔었다. 이른 아침 공원에 많은 사람이 모여 운동하는 모습을 보며 들른 오래되고 낡은 동네 시장 안에서, 수없이 많은 종류의 김치를 팔고 있는 조선인들을 보고선 깜짝 놀랐다. 여태껏 본 적 없는 수십 가지의 김치와 반찬 종류들 그리고 세월은 따로 많이 지나갔지만, 그 맛과 모양이 똑같은 것에 알 수 없는 감동으로 돌아왔었다. 이제 그들의 부모는 세상을 떠났고 떠나온 조국은 비록 기억나지 않더라도, 부모가 먹여주며 키워주었던 음식들은 여전히 함께하고 있었던 것이다. 그리고 수 없는 추억 속의 맛을 떠올리고 만들면서 다시 전통과 세대를 이어가고 있었다. 밥 한 그릇과 반찬 하나가 얼마나 질기고 소중한 것인지 새삼스럽고, 그 어떤 약속도 맹세도 혀가 느꼈던 기억과 추억을 담은 음식만큼 질기게 본성을 이어갈 수 있을까 생각해본다.

　　가끔 예전 엄마가 해주셨던 고춧가루 듬뿍 넣은 빨간 소고기 뭇국을 그리움과 함께 끓인다. 먼 훗날, 많은 것들은 잊혀질 것이고 또 사라질 것이다. 그렇지만 영원히 기억하는 엄마가 만들어 주며 키워주었던 음식들의 그리움은 오래도록 남아있을 것이다. 오늘도 저녁 시간 식구들과 함께 밥상에 앉아 밥을 먹는다. 그 안에는 차마 부끄러워 다 말하지 못한 사랑과 미안하다 하지 못한 부족함과 세상 더없이 소중합니다라는 마음 한가득 담아, 밥상 너머의 미래를 바라본다.

〈밥상 너머〉 7X6in 아크릴

변화의 시간

　　　　우리 곁 세상에 존재하는 모든 물체의 형상과 본래의 성질이 달라지는 것을 변화라고 한다. 그것으로 인해, 나름의 특징이 강해지거나 약해질 수도 있으며 또 새로워지는 것도 있고 사라져 없어지는 것도 있다. 천천히 자신의 의지로 노력하여 변화하는 것이 아니라 다른 강한 커다란 힘으로 갑작스레 변해야만 하는 시간 앞에는, 어쩔 수 없는 저항이 따르고 또 새로운 용기가 필요하다. 늘상 오랫동안 하고 있는 것이 아니기 때문에 몸과 머리가 기억하고 있는 익숙한 경험과 습관을 깨뜨려야 하는 쉽지 않은 일이다. 그렇지만 이제는 주저 없이 변하는 세상을 정면으로 마주해야 한다.

　　몇 달을, 갑작스레 그 어느 때보다 넘치는 시간을 어쩌지 못해 어느 하루는 읽지 않은 채 던져두었던 먼지 쌓인 책들을 다 끝내버릴 듯 눈 아프게 읽었고, 또 어떤 날은 한동안 보지 못했던 밀린 연속극들을 지겹게도 보았다. 그리고 가족을 위한 온갖 맛있는 음식을 장만하기 위해 뜨거운 불 앞에서 비지땀도 흘렸고 오래된 옷장 속의 부질없이 쌓여있는 옷들을 한심해하며 한가득 쓰레기통 속에 버렸다. 그러면서 작고 의미 없는 것들에 매혹되었다는 후회와 낭비 그리고 예전에 만나야만 했던 사람들과의 관계도 진정 뒤돌아보았다. 더없이 소중하다고 여겼던 많은 것들의 있고 없음은 실제 살아가는 이유를 건드리지 않는다는 것과 결국 그것은 근본적인 행복이 아니었음을 알았다. 그렇게 남아있는 가득한 시간을 정리하고 버리고 빚어보며 떠오른 것이 적정한 삶, 나 자신의 존재였다.

　　살아남아야 하고 또 달라져야 한다면 늦지 않게 서둘러야 한다. 오늘을 이겨내어, 달라진 미래를 위한 꿋꿋한 자존감과 솔직한 용기와 부끄럼 없는 진실함이 더더욱 필요할 거다. 행복의 척도가 달라진 세상의 변화를 받아들이며, 무엇이 진정으로 나를 위한 것이며 또 무엇으로 힘을 얻고 위로받으며 적정適正하게 자신을 지키고 살아갈 것인지, 애쓰며 배워가는 중이다.

〈변화의 시간〉 8X10in 아크릴

사는 냄새

언제부터인지 가끔 어떤 사람을 만나면, 문득 예전 어느 기억 속에서의 아늑하고 향긋한 냄새를 떠오르게 하는 순간이 있다. "아~ 그게 무엇이었지?" 하면서 아무리 떠올리려고 해도 그냥 흘러가는 따뜻한 기억 속의 냄새이다. 그렇지, 사람에게는 저마다 인생의 스쳐 가는 골목길 풍경이 다르듯, 서로 다름의 향으로 풍겨 나오는 것이다. 정말 환한 햇살만 넘칠 것 같았던 눈부신 젊음이었을 때는 사는 냄새를 한 번도 맡아보지 못했었는데, 어느 날부터 돋보기안경을 써야만 편하게 책과 신문을 읽을 수 있고, 해가 짧은 겨울밤에 하는 운전이 왠지 망설여지고, 소소한 작은 일들을 잘 잊어버려 부엌에 걸어놓은 기다란 달력에다 큼지막하게 써놓게 되면서부터 예민해진 것 같다. 살다 보면 좋지 않은 것도 오지만 좋은 일도 덤으로 함께 오는 것이라 믿으며 산다. 그렇게 세월 따라 오래 사용한 것에 대한 고장으로 오는 거라면, 순순히 저항하지 않고 백기 들어 항복하고서 받아들인다.

〈사는 냄새〉 6X6in 아크릴

한때 영롱한 청춘으로 열렬히 연애하느라 학교 수업도 간간이 빼먹으면서, 결혼 전 남편이랑 명동 어느 구석진 술집에서 매운 안주 맛을 배우던 시절이 있었다. 미국행을 결심한 남편은 모든 청춘이 그러하듯 가난했었고 새로운 삶에 대한 걱정과 불안으로 투명한 초록색 병의 소주를 마시곤 했다. 사랑에 빠져 허우적거리고 있던 때라 마냥 곁에서 고민하는 모습조차도 좋아 어디든 따라다녔지만, 남편은 미국으로 떠났고 오롯이 혼자 남겨진 것이 싫어 늘 늦은 시간까지 친구네 화실에서 지내다 텅 빈 버스를 타고 터덜터덜 집으로 돌아왔다. 어느 비가 오는 날, 갑자기 버스 안에서 낯익은 냄새가 느껴져 놀랍고 반가운 마음에 뒤돌아보니 어떤 술 취한 아저씨의 냄새였던 것이다. 어쩌다 가끔 떠올려보면 방황하는 젊음의 시간 냄새가 겨우 술이었다는 생각이 들어 우습지만, 그래도 그때의 유치함과 진지함이 또 다른 상처의 냄새였다고 변명하며, 내게 왔던 그날들 모두가 아름다운 삶의 조각들이며 소중하다.

여전히 정작 스스로의 냄새는 맡지 못하지만 – 오랜 시간 속에서 배운 본능적인 감각과 느긋함으로 – 속도 조절 없이 오는 세월의 모든 것을 순순히 받아들이며 살고 있다. 어울리지 않는 욕심도 이제는 소용없고 의미도 없다. 다만 멀리서 눈빛으로 마주쳐도 닮고 싶고, 길게 말하지 않더라도 저절로 존경의 머리가 숙여지며, 지니고 있는 손때 묻은 작은 손수건 한 장이라도 갖고 싶어지는 사람을 만나게 되면, 사는 냄새의 제대로 된 진한 흉내라도 내보련다.

〈나의 이야기〉 7X6in 아크릴

〈사랑 그 소중함〉 6X6in 아크릴

사랑 그 소중함

사랑은 많으면 많을수록 좋다. 뽀송한 털이 여전히 부슬거리는 아기 강아지 같은 사랑이라도 낯선 여행지에서의 수많은 사람 속 잠시 스쳐 지나가는 눈빛의 사랑이라도, 미워하고 싫어하고 원망하는 것보다 훨씬 더 아름답다. 왠지 모르게 점점 다른 사람을 향한 마음을 따뜻함 대신, 감정의 솟구침을 감추지 않은 채 그대로 분출되는 분노의 무서운 이야기들이 늘어가는 아침 뉴스에 눈을 감는다. 언제나 더 좋은 행복한 날이 기다리고 있는 내일로 나아가고 있다고 믿고 있고 또 믿고 싶다. 해가 짧은 겨울 하루를 끝내고 다리에 둔 힘 내려놓고서 사랑하는 연인들이 나오는 - 부드럽고 아름다우면서 간지럽고 유치하지만, 저절로 입가에 미소가 생기는 - 드라마를 보는 것을 좋아한다. 잔잔한 그러면서 미워하지도 슬퍼하지도 않으면서 시간으로 견디며 이루어가는 사랑 이야기를 제일 좋아하고 또 즐겨본다. 비밀스럽고 위태로운 삼각관계도 아니고 오래 준비한 무서운 복수도 없고 또 지독한 원망의 과거도 없는, 특별히 유명하고 예쁘고 잘생긴 주인공이 아닌 담담한 두 사람이 만나 서로 바라보며 헤어지는 줄거리로 내 마음은 당겨진다. 가슴 속에 품고 있는 마음을 유난히 강하게 표현하기 위해 특별한 무언가로 놀라게 감동을 주어야 하고, 만난 날을 기억하여 지나가는 숫자의 날짜로 확인하는 사랑보다, 그냥 견디며 지나온 시간으로 다듬으면서 이어가는 사랑이 진심이라 믿는다. 스스로 오랫동안 지키고 가져온 수많은 것 중에 나의 오래된 사랑도 함께 있다. 20살도 되기 전에 만나 지금까지 여전히 같은 곳을 바라보며 서로 아픈 무릎을 다독이면서 걸어가고 있는 것이다. 이제 내가 품은 마음은 다른 색상으로 더 이상 번지지도 바래지도 않을 것이고, 오로지 사랑 그 소중함으로 나를 빛나게 할 것이다.

매년 2월이면 유난히 붉은 장미가 많이 보인다. 100만 송이 장미의 향기가 한꺼번에 번져 나가는 사랑의 달이다. 싸우고 미워하고 원망하는 것보다 - 견뎌내고 버티면서 지켜온 오랜 시간도 대견하지만 - 비록 짧은 하루만의 풋사랑이라도 사랑하는 것이 더없이 좋다.

삶의 골목길에서

　　　골목길은 사람이 많이 다니는 화려하고 큰 길이 아니라 작고 구부러지고 울퉁불퉁하지만 익숙한 길이다. 오랫동안 그 동네를 잘 알고 있지 않으면 목적지를 제대로 찾아갈 수 없다. 어릴 때 남동생들과 같이 가는 것이 너무나도 싫었던 공중목욕탕이 있는 길을 따라, 골목 오른쪽 길 한가득 꽃들과 화환들을 쌓아둔 집을 지나면, 끝을 넘어 엄마가 오랫동안 혼자 살고 있는 집이 먼 불빛으로 덩그러니 기다리고 있었다. 방학이라 오랜만에 만난 친구들과 시내 큰 번화한 곳에서 놀다 시간이 늦으면 택시를 타는 것보다 이 골목을 가로질러 가면 훨씬 더 빠르다는 걸 알고, 깜깜한 밤길이지만 무서워하지 않고 잘도 다녔다. 엄마는 불빛이 환한 큰길로 다니지 않는다고 밤늦은 시간에도 늘 나무라셨다. 세월이 한참을 더 지나, 골목 끝을 지나면 있던 엄마의 집은 없어지고 한밤중의 꾸중 들을 일도 없으며, 더 이상 구불구불한 길을 지나갈 일도 없다. 그래서 다시는 예전의 익숙한 골목 근처를 절대로 가지 않으려 한다. 마치 내가 그 골목을 더는 일부러라도 떠올리지 않으면 예전처럼 그냥 끝길에 혼자 계신 엄마가 그대로 살고 있는 것처럼 믿어 버리고 싶기 때문이다.

　살다 보면 길 위에 우두커니 방향을 잃고 서 있을 때가 있다. 누군가에게 마음을 열고 기대고 싶어 하지만 섣부른 판단으로 받는 상처가 오히려 더 힘들어, 어차피 자신의 몫이라면 있는 그대로 받아들이려 애쓴다. 추억도 이름을 바꾸어 일상이라고 하고, 굳이 아픔과 슬픔과 외로움을 헤집어 놓지 않으려 하며 산다. 그렇게 또 다른 어머니날도 지나가고 엄마가 멀리 그냥 그대로 있는 것처럼 시침 뚝 떼며 모른 척 지나갔다.

　작고 구부러졌지만, 오랫동안 함께 한 익숙함과 구석진 거 하나하나를 기억하며, 낯설지 않은 따뜻한 세월을 지나온 사람이 그립다. 이름과 모습과 마음이 딱 하나로 연결되어 - 문득 잊고 있다 떠오르는 오래된 골목길처럼 - 나중에 다시 어디서 만나더라도 환하게 웃으며 반갑다고 인사하는 사람을 그린다.

〈삶의 골목길에서〉 8X10in 아크릴

〈소살리토Sausalito〉 20X16in 아크릴

소살리토Sausalito

　　'작은 버드나무'라는 소박한 뜻을 가진 소살
리토Sausalito는 잔잔한 바다가 보이는 높은 언덕 위에 자
리하고 있다. 이쁜 집들과 많은 화가와 작가들 그리고 오
래된 화랑과 식당들이 아기자기 모여있는 아름다운 동네
이다.

　　태어나 자랐던, 그렇지만 이제는 추억으로만 남아있는
고향의 앞바다처럼 푸근하다. 마음이 헝클어지는 날에는
위로받고 싶어 한밤중에도 달려간다. 늘 마음속 평화를
기도하지만, 어느 날 문득 깨닫는 한계를 마주치거나, 그
것이 아픔으로 휘몰아쳐올 때는, 바다를 바라보며 위로를
받고 속내를 털어놓으며 울기도 한다.

　　담담하고, 주저하지 않으며 있는 그대로 "나 지금 힘들
어" 하며 자신을 열어놓을 뭔가가 필요하다. "숨기지 마라,
드러내면 강해진다."라고 하지만 모자람과 수치심 그리
고 분노를 차마 꺼내어 고백하지 못해, 나만의 비밀 장소
를 찾아가 어둠 안에 앉아 온전히 드러내 보이는 것이다.

　　깜깜한 아무도 없는 빈 바다 앞에서, 혼자 중얼거리며
스스로 만든 화를 가라앉힌 후 한 번쯤 크게 소리 내어 울
고 나면, 마음속 바다에 단단하게 묶어두었던 감정의 밧
줄을 천천히 풀고서 보낼 준비를 한다. 꽉 쥐고 있는 손을
열고 풀어 놓아버리고, 빈손의 여유를 가지련다. 돌아오지

못하리라는 것을 알고 보내는 것이라 미련 두지 않고 작별을 한다. 그렇게 바다를 바라보고 있으면 어느새 후련해져, 늘 그대로인 나만의 구석자리로 되돌아간다.

편안하고 가벼운 마음으로 되돌아오는 101길 건너편에는 어스름한 불빛의 샌프란시스코 공항이 보인다. 누군가는 한밤중에도 떠나고 또 떠나는 이를 작별한다. 비워진 자리는 새로운 것으로 다가오고 나는 또 늘 하던 대로 잘 살고 있다.

평안하고 잔잔해진 바다의 아름다운 동네 소살리토Sausalito를, 먼 고향 앞바다에서 변함없이 살고 있는 옛 친구들이 나를 만나러 오는 날, 다시 그 바다 앞에 서서 고맙다고 말하고 싶다. 그러나 그것은 너와 나 둘만의 비밀이라고 넌지시 일러줄 거다.

시간

　　시간이라는 삶의 비밀을 갖고 있다. 누구나 어디에 어떤 상황에 있던, 숨겨둔 꿈이 있고 무엇이 되고 싶은 열망이 있으며 또 적당히 모자라는 열등감과 하기 싫다는 게으름도 가지고 있다. 결혼 후 밥하고 살림하며 살다 세상 밖으로 나와보니, 넘치는 재능과 열정 그리고 예술적인 감각을 지닌 멋진 사람들이 너무도 많아 놀랐고 또 부러웠다.

　잘 자라고 있는 땅에서 새로운 땅으로 옮겨 심은 나무는 죽지 않고 뿌리 내려 열매 맺기 위해, 진즉에 품고 있던 모든 잎은 다 떨군 채 가만히 자신을 낮추며 시간으로 버텨가다, 끝끝내 살아남는다. 나도 멀리 이사 온 나라에서의 적응이 힘들고, 원하는 것을 지켜갈 능력도 미처 갖추지 못한 채 경제적인 어려움마저 겹쳐 많이 힘들어했었다. 그러면서 결국 혼자라는 덫에 걸려, 팔과 다리를 뺄 수도 몸을 움직이며 밖으로 나올 수도 없는 상황으로 변해갔다. 온종일 잠만 자고 음식을 먹고 싶다는 생각도 없고 세상의 다른 모든 사람 아무도 보고 싶지 않았었다. 스스로 바꿀 수도 고칠 수도 없는 문제 앞에 서면, 제일 먼저 분노하다 그다음은 어떻게 하든 스스로 할 수 있을 거라는 가능성을 찾다, 결국에는 받아들인다. 겨우 얼굴을 씻고 머리를 빗으면 한 움큼씩 빠지는 머리카락과 더없이 변해버린 얼굴을 보면서 서서히 깨달아 갔다. 이렇게 살아서는 안된다. 변해야만 한다. - 굳이 잘하지 않아도, 꼭 지금이 아니어도, 누군가에게 칭찬받지 않아도 된다고 타이르며 침대 밖으로 나와 밥도 먹고 세상 밖으로 걸어 나왔다. 스스로가 가진 외로움을 껴안고 가듯 부족함도 껴안으며 살아도 괜찮은 것이었다.

〈시간〉 8X10in 아크릴

　무엇을 하든 자랑스러운 것은 나의 삶이다. 살아가며 부딪치는 폭풍과 우박 그리고 쏟아지는 비를 만나더라도, 부딪혀 살아남은 오늘이다. 무덤덤한 것보다 무엇이든 부딪혀야만 동기를 가지게 될 것이며 또 그렇게 모두 살아간다. 최선은 다하면서 느긋하게, 시간이라는 비밀의 끈기와 무모함에 턱 하니 나머지 삶을 걸쳐 놓고서, 이제는 그 강렬한 힘을 믿는다.

　몰래 감추어둔 비밀을 풀면서, 세상의 모든 것이 오랜 시간 끈기 있게 지켜나가는 버팀으로, 어느 날 든든한 뿌리가 내려져 열매 맺고 다시 땅에 떨어져 새로운 뿌리내리며 숲을 이루어 가리라 소망한다.

시간은 지나간다

하고 있는 일이 없어도 시간은 지나가고 새로운 달도 시작한다. 그냥저냥 살고 있지만, 사실은 알지 못하는 사이 너무도 변해버린 세상에 대한 걱정과 또 무엇인가는 해야 한다는 조바심의 양다리를 걸친 채 허둥거리고 있다.

아주 오래전 디즈니랜드에 놀러 갔다 기다리는 줄이 유난히 짧은, 우주의 그림이 그려진 놀이 기구를 무심코 신나하며 탄 적이 있다. 롤러코스터와 비슷한 기구였고 우주여행을 경험하는 것이라 단단하게 안전벨트를 매도록 한 후 천천히 조금씩 굴 안으로 움직이기 시작하자, 그 안의 모두가 환호했다. 천장 위 얇은 빛의 별도 달도 다 사라지고 갑작스레 깜깜해진 어두움 속에서 속도를 올리기 시작하면서 바람이 내는 차가운 소리도 들렸다. 완전한 어둠 속에서 도무지 어디로 움직이며 어느 방향으로 가고 있는지 전혀 알 수 없었고 또 그 움직임에 미리 준비하는 작은 몸짓조차 할 수 없는 상황이었다. 아무것도 할 수 없었기에 두려웠고, 보이지 않는 상황이었기에 더 심한 공포와 무조건 여기서 나가야만 한다는 생각만으로 울며 소리 지르다, 결국 온통 눈물범벅으로 마지막 환한 세상 밖으로 나온 후 안도하고 또 크게 웃으며 울었던 기억이 난다. 왜 그때 생각이 자꾸 나는지 우습지만, 바로 요즘이 무엇인지 대상을 모르는 채 느끼는 두려움과 어떻든 환한 곳으로 나가고 싶다는 생각으로 꽉 차 있다.

삶의 과장되고 부풀어진 어깨의 넓이가 좁아져 낯설지만, 오히려 예전과 달리 작고 소소한 일에 기쁨과 행복을 찾고 알게 된다. 그냥 밑동만 잘라 심어둔 파들이 물만 주는데도 아주 파랗게 올라오는 걸 보며 신기해하고, 보고 싶은 친구와의 긴 전화 통화가 마냥 즐겁고, 끝내지 않은 채 오랫동안 구석자리에 있던 그림들을 마무리한 후 뿌듯해한다. 그리고 늘 곁에 언제라도 있을 거라 무심했던 가족들의 단단한 묶음과 결국 지금 이 자리가 인생의 마지막 아늑함이라는 걸 다시금 배운다. 그렇게 그렇게 시간은 지나간다. 비록 지금은 세상의 파도 속에서 하나의 섬처럼 떠 있는 우리들이지만 – 다시 또 서로에게 함께 가자고 다독거리고 보듬고서 – 더없이 환한 공존의 세상이 새롭게 돌아오길 간절히 기다리며, 길어진 오늘 하루를 마무리한다.

〈시간은 지나간다〉 8X10in 아크

3부

언어의 온도

신데렐라

　　　어릴 때 누구나 한번쯤은 신데렐라를 꿈꾼 적이 있을 것이다. 신데렐라는 못된 계모 아래에서 힘들게 살고 있었는데, 어느날 그녀가 파티에서 잃어버린 하나뿐인 유리 구두의 주인을 찾으러 온 멋지고 잘생긴 백마 탄 왕자님을 만나, 아름다운 궁전에서 오래오래 행복하게 살았다는 동화 속 이야기이다. 그것은 더 나은 미래와 행복을 위해 지금보다 높은 곳으로의 신분 상승을 바라는 희망을 그린 것이다.

　　결혼한 후 친구들과의 만남에서 하는 대화의 모든 것이 자신이 아닌 새로운 인연의 소중한 사람들에 관한 것이다. 부모님 밑에서 보살핌을 받았던 곳에서 떠나 이젠 스스로 보살피며 지켜야 하는 무언가가 생기면서, 최선을 다하고 욕심도 부리며 어느덧 자신만의 자리를 만들어간다. 아내에서 지나와 엄마로 살다 또 시간이 지나 손자 손녀들의 할머니로 신분 상승을 하며, 그동안 받은 모든 것에 감사하면서 지나온 삶에 대해 관대해진다. 평범한 것 같지만 지금 여기까지 지켜오는 동안 세상 무엇도 쉬운 게 없었으며, 애쓰지 않고 소중하지 않은 것 하나 없는 대단한 것이었다. 나 자신도 그렇게 남들처럼 순서를 따라 변해가며 살아가고 있고 또 그 자리에 맞게 익숙해져 간다. 그러나 다시 새로운 꿈을 꾼다. 아내가 되고 엄마가 되며 또 할머니가 되는 자연스러운 삶의 순환 속에서, 하나 더 욕심을 부려 지금보다 나은 – 썩 괜찮은 어른이 되는 희망을 품으려는 것이다. 나만이 할 수 있는, 꼭 내가 해야 하는 것으로 내가 나의 신분을 상승해주고 싶다는 욕구이다. 무엇으로 어떤 것으로 다시 가슴 뛰게 만들며 시간가는 것을 잊고 몰두할 것인지 찾아야 한다. 그렇지만 새로운 것을 위한 도전과 꿈을 스스로 억누르는 바보스러운 짓은 하지 않을 것이다.

　　시간이 흘러가는 익숙함과 편안함을 변명하기 보다, 세상에서 하나뿐인 유리 구두의 주인공인 신데렐라를 꿈꾸며, 아름다운 궁전의 백마 탄 왕자님도 그려본다.

〈신데렐라〉 8X10in 아크릴

언어의 온도

　　　　　책을 읽으며 걸어가는 하루하루의 삶이, 조금이라도 더 나아질 것이고 또 지혜가 생길 것이라고 믿고 있다. 그래서 책을 선택할 때, 되도록이면 예술적이며 어려운 것을 읽으려 하고 제대로 의미를 느끼려 한다.

　요즘 읽었던 이기주라는 작가의 책 제목이 『언어의 온도』이다. 내용을 굳이 설명하지 않아도 무엇을 말하려고 하는지 단번에 알아챌 수 있다. 책 속의 작가는 나이를 말하지 않는다. 그리고 굳이 어른 흉내를 내려고도 하지 않는다. 넘치는 지식의 홍수 속에서도 자신을 똑똑한 사람으로 자랑하지 않는다. 그만큼 그는 다른 어떤 것으로 스스로를 표현하고 덧붙이지 않아도 자신이 있다는 것이다. 다치고 아파하면서 살아보니 진짜는 과거의 경력과 학벌과 나이가 아닌, 바로 실력이라는 것을 벌써 알아차린 것 같다. 또 그는 불타는 남녀 간의 사랑과 본능적인 엄마의 사랑을 구별하지 않는다. 사랑은 그냥 사랑인 것이다. "흔히들 말한다. 상대가 원하는 걸 해주는 것이 사랑이라고. 하지만 그건 작은 사랑인지도 모른다. 상대가 싫어하는 걸 하지 않는 것이야말로 큰 사랑이 아닐까"라는 문장에는 더 이상 평가하고 따질 이유가 없다.

　작고 사소하고 평범한 것에 의미를 두는 걸 좋아하고 그런 것을 표현하면서 살아야 한다. 가끔 누군가의 신뢰와 기대와 칭찬의 말에 가슴 설레며 기뻐했던 날들이 있고 또 누군가의 말이라는 화살을 맞고 오랫동안 그 상처를 위해 노력했던 날들을 기억하고 있다. 그러하기에 "말과 글에는 나름의 따뜻함과 차가움이 있다."고 한다.

　이젠 뒤돌아보며 정리해야 하는 한해의 마지막 거리쯤에 와있다. 그렇다고 서두르거나 앞서면서 재촉하지 않아도 괜찮다. 서로에게 가슴으로 번지는 따뜻한 온도의 말로 채워줘야만 그 기억과 믿음으로 그나마 선선히 걸어갈 것이다. 언어에는 뜨겁고 차갑다는 온도만 있는 것이 아니라 품위도 있고 인격도 있다. 여전한 실수와 미안함으로 미처 제대로 어른이 되지 못한 중간의 자리에 머무르고 있지만, 아직도 책 속에 길이 있다고 믿고 그렇게 간간이 책을 읽으며 살 것이다. 현명한, 그리고 지나온 삶의 진한 자국들을 남긴 고전을 읽으며 다시금 오늘을 다듬으면서 살겠지만 가끔은 어깨에 올려져 있는 가식도 포장도 내려놓고 평범한 그러나 나의 이야기 같은 책을 읽으며 사는 날도 참 좋다.

열정과 아름다움

　　　　　혼자서 지키며 소망하는 일이 있다. 세상의 숨어있는 사소한 아름다움을 보고 설레어 잠시 걸음을 멈추는, 그 마음을 오래오래 글과 그림으로 표현하며 사는 것이다. 매일 아침저녁 기도 안에서 보채고 떼쓰며 또 간절하게 머리와 가슴에 되새긴다. 반 고흐의 말처럼 – "I dream my painting and I paint my dream" (나는 나의 그림을 꿈꾸며, 나는 나의 꿈을 그린다)

　오랫동안 열심히 혼자만의 그림을 그리고 있는 누군가를 만났다. 만나고 싶다는 이야기를 오래전에 들었지만, 나 자신도 명확하지 않은 중간의 서성이는 모습이라 당황스러웠고 또 부담스러웠다. 그러나 시간이 겹쳐지고 더 이상의 아무것도 핑계 들어 멀어질 수 없을 때 우연이라는 이름으로 부딪혔다. 자그마한 체구의 처음 만나 나눈 대화 속의 세상보다, 직접 마주친 그녀의 작품 앞에 선 순간 가슴이 철썩하며 파도 소리를 내었다. 벽마다 걸려 있는 많은 작품 속에 표현되어 있는 수없이 작은 붓 자국 하나하나 바로 그 순간 깨어난 사랑과 가슴 떨려 하는 모습이 그대로 느껴져, 숨죽이며 바라본 감동이었다. 이렇게 가슴속 파도

가 부딪히는 순간이 얼마 만이었는지 모르겠다. 한동안 커다란 높은 문 앞에서 두드리지도 못한 채 서성이며 망설이고 있었는데, 불현듯 다시 작업을 꼭 해야 한다는 의지와 할 수 있다는 자긍심이 되살아나게 해주었다. 그녀의 외로움과 헤맴과 순수함이 더없이 담겨있는, 기다란 세월과 혼자 작업하며 그려낸 작품들은 뜨거운 열정이었고 아름다움이었다. 세상의 무엇이든 자신을 믿고, 오직 하고 싶다는 마음 하나로 지켜온 섬세하고 부드러운 그러나 더없이 강한 오랜 시간의 모든 것들은, 충분히 존경받아야 한다는 생각이다.

다양성과 창의성은 혼란스러우며 시끄러울 때 그리고 힘들고 어려울 때 부딪히면서 불꽃이 튄다. 갑갑한 그리고 어쩔 수 없는 회의가 찾아온 날들이 무거우면, 멈추어서 한번 풀썩 앉아봐야 새롭게 튕겨 부딪히며 생긴 상처로 빨간 불꽃이 생기는 것이다. 다시금 그녀를 떠올린다. 그림을 그리려 긴 앞치마를 입고 이젤 앞 의자를 똑바로 하고 낡은 물감통을 열고서는, 돌아온 그러나 잊고 있었던 열정과 아름다움을 듬뿍 팔레트 위에 짜놓으면서, 그녀와 내가 서로 지키며 간직하는 소망이 꼭 이루어지길 기원한다.

〈열정과 아름다움〉 20X16in 아크릴

음악

　　온종일 집안에 음악을 켜놓고 있다. 언젠가 들었던 것 같은 그러나 제목이 무엇인지 작곡가가 누구인지 이 곡이 만들어진 때가 언제인지도 모르는 채, 흘러나오는 그대로 받아들이며 또 흘려보낸다. 구속이 아닌 그윽함으로 감싸 안으며 무엇을 하던 편안하고 보호받는 평화스러운 느낌이다. 어쩌다 마음이 좋지 않은 날은, 일부러 천천히 길게 오래 느껴 헝클어진 마음을 다른 곳으로 비껴가게 하려고 다시 붙잡는다.

　　사실 어릴 적 우리 집에서는 유행가를 들을 수가 없었다. 절대적인 엄마에게 심하게 야단맞는 일이었으며 심지어 아버지께서도 좋아하는 배호의 노래를 들을 수가 없었다. 온종일 아픈 환자들을 치료하며 받은 피로를 – 차마 집에서는 엄마의 성화 때문에 듣지 못하시고 – 늦은 여름 해가 넘어가는 시간, 홀로 남은 병원에서 배호의 노래를 듣고 계시던 아버지가 떠오른다. 서쪽 황혼이 지는 오렌지빛의 노을을 한가득 얼굴에 담고서 "돌아가는 삼각지"를 들으며 먼 곳을 바라보고 계시던 중년의 아버지에게는, 바로 그 순간이 진정한 위로이었을 것이다. 남자의 어깨 위에 올려진 삶의 무게를 잠시 잊고 나 하나로서 그 자리에 계셨던 것 같다. 음악이 그처럼 위로가 되고 안식이 되는 순간들도 있지만, 엄마는 늘 유행가는 가만히 있는 사람을 흔들어 놓으며 오직 여자와 남자의 사랑만 세상에 존재하고 있는 것처럼 만든다고 하시며, 사춘기의 나와 동생들에게는 큰 금지사항 중 하나였었다. 그렇지만 학교 가는 버스 안에서 잠깐 들은 유행가를 순식간에 외우고서는 혼자 몰래 곧잘 불렀었다. 하지 말라고 하면 더 하고픈 게 사람 마음이니까. 그때 엄마 모르게 듣고 외운 유행가들이 지금은 제일 잘 부르는 노래가 되었고, 그 안에는 또 다른 잊을 수 없는 추억들이 담겨있다.

　　이제는 음악을 듣는 방법도 내가 느끼는 감정도 세상을 사는 모습도 세월을 따라 참으로 많이 변했다. 그리고 어느덧 나도 그때의 엄마 모습으로 나이 들고 또 같은 소리를 하며 잔소리를 한다. 결국은 돌고 돌아 제자리에서 반복하며 그렇게 그렇게 살아가는 것인가 싶다. 온종일 집안에 켜놓은 음악이 주는 위로와 추억과 편안함으로 삶을 다독이며, 무릎 꿇어 마루를 닦고 묻어있는 찌꺼기의 설거지를 하고 뽀얀 쌀을 씻어 윤기 나는 밥을 하며, 오늘 하루의 평범함으로 걸어간다.

〈음악〉 8X10in 아크릴

이름값

　　　　살아가며 마주치는 길모퉁이, 그 길모퉁이를 돌아서면 다시 만나게 되는 새로운 길은 변화와 함께 불리는 이름도 달라진다. 여자는 결혼하면 부인으로, 아기를 낳으면 아이의 엄마로 또 세월이 많이 흐르면 어느새 할머니가 되어 그 상황에 붙여진 이름으로 살아간다.

　아침에 일어나 제대로 떠지지 않는 눈을 비비며 신문을 편다. 지금 바로 이 순간이 제일 평화롭고 행복한 시간이다. 늘 하는 대로 색 바랜 낡은 가죽의자에 파묻혀, 네모진 창 건너편에 보이는 아늑한 풍경과는 전혀 다른 세상 곳곳 돌아가는 이야기 읽는 맛 또한 색다르다. 순간 전화 벨 소리에 놀라 받아보니 누군가가 "풀 엄마야?"한다. 얼른 그 이름으로 살던 때로 되돌아가 보지만 도무지 기억이 나질 않아 "누구세요?" 하며 되묻자 환하게 웃으며 자신도 아이들 이름으로 불리던 그때의 이름을 알려준다. 반가운 마음과 기억해 준 고마움이 더하여 저절로 이쁜 미소가 떠오른다. 갑자기 궁금하고 생각이 나 전화한다며 안부를 묻고 언제 다시 꼭 좋은 날 만나자며 전화를 끊었다. 그땐 나의 인생이 온통 아들로 채워진 채 살았던 시절이었나 보다.

　첫 대학 입학 후 아버지가 나를 데리고서 학교 때 은사님 댁으로 인사를 드리러 갔었다. 큰절 올리며 무릎을 꿇는데 물으셨다. "혹시 너 이름 속에 바다가 들어있느냐? 너의 아버지가 늘 바닷가 근처 어딘가에 딸 하나 기르며 살고 싶다고 했었는데." 하시기에 "저의 이름은 바다제비海燕입니다."라고 말씀드렸다. 나의 이름 속에는 아버지의 꿈과 소망이 고스란히 들어있었음이다. 갓 태어난 딸의 이름을 지으며 그 안에 당신이 소원하는 모든 것을 담아둔 채 하루하루 자라는 모습을 바라보고 계셨던 것이다. 그때는 온전히 또 사랑하는 딸로서의 삶을 살았던 시절이었다. 그렇게 그 시간에 맞추어져 불리는 이름은 결코 가볍지 않은 의미와 무게와 값을 지니고 있다. 이제는 내가 만드는 나 자신의 이름으로 당당하게 살아가려 새롭게 길을 나선다. 그때 불렸던 이름들에 나름의 값어치가 담겨있듯, 남아있는 시간 동안에 무엇을 하며 어떻게 살아가는지 그에 걸맞은 의미가 담기게 될 것이다. 어떤 이름이 어떻게 나를 표현하며 만들어질지 모르겠지만 제대로 이름값을 하며 살아야 한다는 숙제를 받았다.

〈이름값〉 12X16in 아크릴

잠길에서

　　　　하나가 좋지 않으면 또 다른 하나는 그와 다르게 좋아지는 것도 있나 보다. 눈이 아주 나빠 잘 보이지 않아서인지 상상력은 더 다양해지고 어릴 적 행복한 꿈도 많이 꾼다. 이유 모르게 망막이 오랫동안 온통 찢어져 있어 시력은 많이 나빠져 있었고 백내장도 심하여 한동안 치료를 받고 수술까지 하였다. 수술 후 돌아와 내 집 내 침대에 누웠는데 천천히 잠이 들어오는 소리와 함께 예전의 한여름 낮, 뜨거운 아스팔트가 녹으며 아른거리듯, 나도 잠길에서 아른거린다. 문득 멀리서 뭔가를 사라고 외치는 소리와 개구쟁이 남동생들이 서로 장난치는 소리도 들린다. 칙칙폭폭 하며 달리는 기차와 먼 곳으로 이사간 작은 옥희도 보이고 늘 분주한 옥현이와 함께 웃고 있는 아주 어린 내 모습도 보인다. 지금 나지막한 바람에 흔들리는 얇은 풍경 소리와 옛날 나의 웃음소리가 뒤섞여 같이 어우러진다. 그렇게 과거와 현재를 오가는 꿈 안에 잠겨있다 깨어나니, 해가 떠 있는 저녁 시간이 마치 늦은 아침인가 싶어 서둘러 책가방 챙겨 얼른 학교에 가야 할 것 같아 두리번거린다. 잊고 있던 예전의 기억들이 아지랑이처럼 떠오르며 가슴 속 깊은 따뜻함과 그리움도 있지만, 또 지나가 버린 것들에 대한 후회도 많다. 어려서는 늘 강해야 하며 자신을 잃지 않고 살아야 하고, 화가 나도 슬퍼도 자신의 감정을 드러내면 안 된다는 강박감 같은 것으로 채워져 있었다. 그러나 조금씩 나빠지고 고장이 나며 어딘가는 아프지만, 강하지 않아도 괜찮고 더는 착한 척하지 않아도 되며 슬프면 슬프다고 엉엉 울어도 되는 지금의 오늘이, 그 어느 때보다 진짜 나 자신이며 행복하다.

　때론 젊고 파랗고 싱싱한 것을 잃어가는 아쉬움과 쓸쓸함과 미련도 있지만, 다른 사람의 기대와 칭찬 없이도 충분히 괜찮으며, 그런 모자람 속에서 되려 안도한다. 좋지 않은 것들은 또 다른 의미의 좋은 것으로 되돌아오는 순환과 이치를 보며, 품고 있는 마지막 자만을 푼다. 이렇게 삶은 새로움으로 대신하여 잃어가는 자리를 메꾸며 채울 것이고, 포기할 줄 알고 부족한 그대로 받아들이는 순응으로, 어느덧 깊어지고 그윽해지며 더 따뜻해질 것이다.

〈잠길에서〉 8X10in 아크릴

〈지붕 위의 가을〉 8X10in 아크릴

지붕 위의 가을

　　　　가을은 소리로 제일 먼저 다가온다. 여전히 낮이 뜨거워 꼭꼭 닫아 두었던 창문을 열고 어둠이 내리는 저녁의 선선한 바람을 맞으려 나서면, 귀뚜라미의 귀뚤귀뚤 하는 소리가 선명하게 들린다. 아직도 간간이 덥고 따가운 햇살을 온종일 받은 작은 꽃들과 나무들은 목말라하지만, 가을은 어김없이 올 것이며 곧 차가워질 것이다. 봄은 왠지 모르게 서두르고 여름은 기운 넘치게 달려가며, 가을은 다독이며 조금이지만 이제는 여유를 부려도 된다고 넌지시 말해준다. 비록 겨울의 차가운 멈춤이 기다리고 있겠지만.

　　7년 전 오랫동안 꿈꾸던 나만의 화실을 가지게 되었다. 몇 년을 주인 없이 비워두었던 집인데, 축복처럼 와주었다. 제일 끝에 위치한 널찍한 침실 바로 위 지붕에는 옆집에서 넘어온 아주 오래되고 커다란 도토리나무가 걸려있다. 가을이 오고 도토리와 다람쥐들은 그들만의 축제를, 소리로 시작한다. 낮의 길이는 짧아지고 대신 길어진 밤이 일찍 찾아와 어둠이 내리면, 열매를 떨어트려 세상에 퍼트려야 살아남는 도토리와 그 열매로 긴 겨울을 지내야 하는 다람쥐들이 연출하는 열렬한 생존의 치열한 무대가 펼쳐진다. 또르르 떨어지는 소리와 그것을 잡으려 달리는 다람쥐들은 매일 밤 지붕 위에서 가을 영화 한 편을 찍고 있다. 비가 오고 바람 부는 날이면 잠시 비를 피해 주인공 다람쥐는 쉬고 있지만, 바람의 흔들림으로 또 다른 주인공 도토리는 더 세차게 힘껏 소리 내 떨어지고, 빗소리에 잠 못 드는 나도 하얗게 더불어 밤을 새우고 있다. 가을은 예전처럼 오지 않을 것 같았지만 어느새 곁에 와있고, 삶은 무슨 일이 있어도 멈추지 않고 정직하게 달려간다. 그러므로 모두가 살고 있고 또 살아야 한다.

　　갇힌 듯한 세월 속에서 계절 이름들이 – 봄, 여름, 가을, 겨울, 봄, 여름, 가을 하며 – 7번을 다르게 불리고 바뀌어 간다. 여전히 아름다운 날들을 떠올리며, 자책보다는 더 찬란한 희망으로 꼭 다시 올 거라 마음 서두른다.

진심

진심은 손끝의 작은 움직임만으로도 충분히 느껴진다. 그 마음은 굳이 말하지 않아도, 되묻지 않아도 본능적으로 알며 느낄 수 있다. 그것은 시간이 오래 지나도 변하지 않으며, 가슴 속 깊이 간직된다.

오래전부터 몇 달에 한 번씩 목에다 가느다란 바늘을 꽂고 검사를 한다. 목 한가운데 있는 갑상선에 결절이 생겨 그것이 나쁜 것인지 좋은 것인지 알아내는 것이어서, 혹이 있는 곳을 찾아 정확하게 찔려야 하는 쉽지 않은 검사이다. 어떤 때는 파랗게 멍이 들고 또 어떤 때는 피가 흐르기도 한다. 한번이 아니라 큰 결절이 있는 곳마다 바늘을 꽂는 행동이지만, 조심하고 살피면서 되도록 목의 통증을 줄이려 배려하는 의사를 보며, 애써 아픔을 참는다. 그러면서 진심과 정성은 이런 것이구나 하며 감사한다. 진료 침대에 누운 채 아주 가까이에서 접촉해야 하는 검사라 일부러라도 살짝 향수를 뿌리며 예의를 지키려 애쓴다. 한동안 나의 목과 씨름하며 혹 안의 세포를 잘 뽑고 제대로 끝나면 밝은 미소로 의사는 늘 그렇게 말한다. "무슨 향기가 이렇게 아름다우냐, 덕분에 아주 잘 끝냈다." 하며 자신의 수고와 노력보다 나를 먼저 위로해준다. 아픔과 두려움의 순간을, 진심으로 문지르며 살빛 반창고 몇 개를 붙여주고선 행운을 빌어주며 진료실을 떠난다. 우습지만 왜 그렇게 그 반창고가 기특한지 병원을 나오면서 몇 번을 만져본다. 또 어느 날은 얇은 칸막이 하나로 구분해 놓은 옆방에서 의사를 기다리면서, 다른 환자와 나누는 대화를 엿듣고 있는 날도 있다. 부인과의 관계를 힘들어하며 어렵게 꺼낸 이야기를 들어주고 위로하고 있는 모습을 상상하는 것으로, 그 남자는 다시 행복해질 것이고 내 병도 나을 거라 믿는다. 상대방을 대하는 진심이 아픔도 넘어서며 치유가 될 거라는 확신이다.

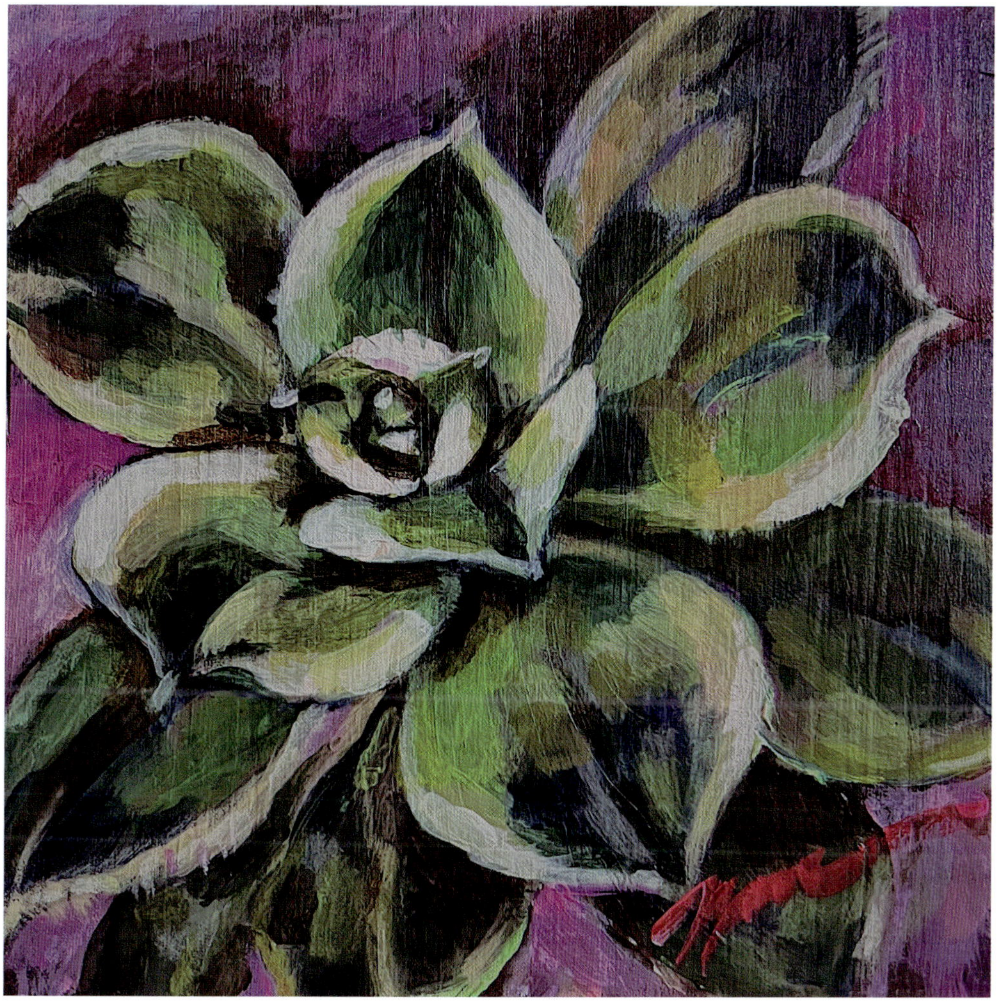

〈진심〉 6X6in 아크릴

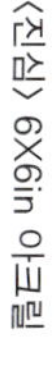

2년 남짓, 전혀 다른 세상 속에서 살면서 진심이 아닌 관계를 되돌아보며 정리하는 시간이 억지로 주어졌다. 그 시간 속에서 배운 것 중에는 불필요한 관계를 정리할 수 있는 용기를 가졌다는 것도 포함된다. 몸과 마음은 따로가 아니라 하나이다. 굳이 표현하지 않아도 깊은 진심인 마음으로 서로 기대며 살아가는 - 아직은 이르지만, 더없이 환하고 아름다운 봄의 새싹이 영롱한 초록빛으로 움트는 날을 희망한다.

〈집은 그사람이다〉 8X10in 아크릴

집은 그 사람이다

누군가의 초대로 집 대문을 열고 들어서면, 눈으로 냄새로 또 순간적인 느낌으로 모든 것이 보이고 느껴진다. 말하지 않아도 설명하지 않아도, 그 안에 자리 잡은 채 보듬고 있는 모든 것 스스로가 낯선 사람에게 속삭이며 표현해 준다. 다른 이들을 위한 넓이와 높이가 아니라 나를 위한, 선물 상자의 화려한 포장지를 벗겨내려는 조바심처럼 바깥의 나를 벗고 온전한 속살을 꺼내놓는 곳이다. 벗어버리는 시원함으로 무겁게 치장한 무게를 내려놓으면서 아무도 모르는 안도의 미소를 지을 수 있는 집이라는 공간이다.

맨 처음 모르는 사람을 만나게 되면, 입고 있는 옷과 모습으로 처음 마음이 시작한다. 조금씩 시간이 흘러가고 서로를 알아보면서 마음을 열고 편안해지는 어느 날, 자신이 사는 곳으로 초대하여 속내를 보여준다. 집이라는 건 이쁜 옷을 입고 진한 화장을 하고 화려한 보석으로 치장하여 한순간에 변할 수 있는 것이 아니라, 오랫동안 지나온 시간과 함께 동화되어 본인도 모르는 사이 삶의 눅눅한 자국들과 정성이 남아있는 곳이다. 몇십 년 전 겨울 아주 많이 힘든 시기를 겨우 넘긴 후, 잃어버렸던 집이 그리워 다른 이들의 집을 놀러 다닌 적이 있다. 이쁘게 가꾸며 사는 모습이 부러웠고 언젠가 다시 집이 생기면 나도 그리리라 꿈꾸고 희망하였다. 시간이 흐른 후 결국 나만의 집을 갖게 되었고, 원하는 그림을 마음껏 벽에 걸고 오래된 골동품들을 꺼내 놓으며 숨겨둔 욕심을 아주 기다랗게 펼쳐놓았다. 화려하지 않아도 크지 않아도 비싸지 않아도 아무 상관없다. 다만 무엇을 품고 어떻게 견뎌내고 있으며 그동안 걸어온 긴 걸음들을 편히 내려놓을 수 있다는 것으로도 충분하다. 가끔 한밤중 선잠에 깨어, 지금 있는 곳이 어딘가 싶어 구겨진 긴 잠옷 차림으로 온 집안을 휘휘거리며 돌아다니곤 한다. 모든 것이 제자리에 잘 있는지 또 스스로 지니고 있는 지나온 흔적들은 괜찮은 모습인지 확인하고 싶어서이다.

　이제는 채우는 것이 아니라 가진 것을 지키며 살아가는 것이다. 내가 살고 있는 공간 － 집이 바로 자신이 살아온 세월과 자욱들을 그대로 드러내는 것처럼 － 더는 감추고 싶지도 포장하고 싶지도 않다. 아직도 여전히 큰 묶음으로 남아있는 시간을 나누며 살아갈 준비에, 설렌다.

한강 다리 위에서

　　　　아직 채 겨울이 가시지 않은 2월의 날에, 기다리고 있는 친구를 만나기 위해 서둘러 노란색 택시를 타고선 한강을 건너고 있었다. 해 질 무렵이라 노을은 가까이 왔지만, 그나마 남아있는 햇살에 눈이 부셔 얼핏 내려다본 다리 밑에는 커다란 강이 흐르고 있었다. 진한 푸른빛이 묵직하며 소리 하나 없이 잔잔하게 흐르는 그 풍경을, 새삼 한 번도 어디에서 어떻게 흘러가고 있는지, 묻지도 궁금하지도 않았었다고 지금이야 깨달았다. 늘 항상 그 자리에 있을 거라는 생각이었을 것이다. 그 강은 그렇게 오래전부터 흐르고 있었고, 나도 예전에는 그 다리를 건너다니며 살고 있었다.

　　몇 년에 한 번, 살던 곳이 그리워 크게 마음먹고 서두르며 서울을 찾아온다. 그 그리움은 상상 속의 부풀림으로 더 커졌지만, 사실은 잠깐 왔다 떠나는 손님처럼 예의뿐인 마음으로 지낸다. 돌아오는 날짜가 되면 다시 커다란 가방을 챙겨 서둘러 작별을 하며 비행기를 탄다. 떠난 뒤에 남겨져 있는 이들의 아쉬움과 허전함은 생각하지 못하고, 늘 그 자리에 있을 거라고 크게 마음 쓰지 않았던 것이다. 지금 만나러 가고 있는 나의 벗들도 가족들도 형제들도, 늘 한결같이 흐르는 큰 강처럼 무심하듯 나를 받아주며 보내주었음을 이 다리 위에서 깨달았던 것이다. 결국, 지금의 나는 혼자 애쓰며 살았던 것이 아니라, 한결같이 반겨주고 다독거려주며 보듬어 주었던 다른 이들의 마음과 사랑으로 살아왔던 것이다.

다시 살고 있는 곳으로 되돌아와 책상 앞에 앉았다. 오후의 나른함으로 여전히 시차에 몽롱하지만, 내 마음속에 흐르고 있는 푸른 빛의 한강을 – 나의 벗과 가족과 형제들의 변함없는 마음과 배려를 – 기억한다. 그렇게 이제는 굳이 혼자라 외로워하지 않으며 위로받고 살련다.

〈한강 다리 위에서〉 8X10in 아크릴

〈함께 성장하며〉 12X16in 아크릴

함께 성장하며

　　　　　　오랜 시간을 꿈꾸며 이루고 싶었던 욕망이 있었다. 작고 모자라지만 계속하다 보면, 분명 꼭 이루게 될 거라 믿었고 그 믿음은 지금도 변함이 없다. 짧지 않은 시간이지만 글을 쓰고 그림을 그리면서, 하나하나의 끝맺음이 마치 허물을 벗고 세상 밖으로 조금씩 걸음마를 배우고 나아가는 아이 같다는 생각을 한다. 나라는 이기주의를 벗고 다른 사람을 의식하고 세상을 배워가는 한 개체로서의 성장이라 믿으며, 부끄럽지만 훌훌 껍데기를 벗어버린다. 결혼 후 5년이 되도록 아기가 없어 한참을 기다리고 애태우다 겨우 첫 아기를 갖고서도 제대로 자리 잡지 못해, 어쩔 수 없이 제왕절개로 수술대 위에 올랐었다. 몸이 약해 전신마취는 할 수가 없어, 수술의 반은 깨어 있으면서 수술 도중 아기가 나오는 순간과 수술실 안의 웅성거림과 분주함을 다 느끼고 알았다. 갑자기 뭔가 훅하며 나의 몸에서 꺼내지는 느낌과 뿌연 뭔가에 싸인 아기를 본 기억이 난다. 순식간에 몸을 닦으며 처음 나에게 보일 때의 아기 모습이 얼마나 신비롭고 감동이었는지, 알 수 없는 눈물이 솟아오르며 한참을 흐느꼈다. 의사 선생님이 눈물을 훔쳐주며 이젠 잠을 자도 괜찮으며 수고하였다고 칭찬해주는 그 순간도 기억한다. 그렇게 태어난 아이는 자라나는 순간순간마다 기쁨이며 자랑이고 대견함이었지만, 가끔의 절망과 실망 그리고 안타까움과 함께 깊은 책임감도 배우게 되었다. 성장이라는 과정의 아픔을 서로 보고 겪으며, 긴 세월 미움도 사랑도 당연함으로 받아들이고 함께 신뢰하며 지나온 세월이 대견하고 고맙다. 그렇게 기다리던 글과 그림을 둘 다 하고 싶다는 욕망이 처음 세상 밖으로 나온 그 날도, 뿌연 막을 덮은 미숙하고 낯설지만 대견한 마음과 부끄러움에 한참을 울었다. 그러면서 조금씩 자라며 나아가는 모습이 기쁨이고 자랑이지만 가끔은 모자란 능력에 좌절하고 또 절망하곤 한다.

함께 성장하며, 영원히 사랑하고 정성을 다하며 사랑과 노력으로 키워온 아들이 이제는 기대라며 한쪽 어깨를 내어주듯, 오랫동안 꿈꾸며 욕망하던 글과 그림을 지키며 계속할 거라 다짐한다.

흐르는 강물처럼

늘 조심하며 산다. 사실 무언가를 알게 되면 더 많이 생각하게 되고 그것으로 염려하고 걱정하면서, 새로운 변화보다는 지금의 항상 곁에 있는 익숙한 모든 것에 안심한다.

오래전부터 함께 책을 읽으며 세상 살아가는 이야기를 나누는 모임이 있다. 책을 읽는다는 목적보다 책 속에서 만나는 다른 사람들의 살아가는 지혜와 길을 찾아 - 조금은 더 행복해지고 현명해지길 바라는 마음으로 만난다. 읽고 있는 책의 깊은 곳에 숨어있는 - 분명 글쓴이가 진정으로 우리에게 전하려고 하는 의미를 찾아, 각자의 인생도 돌아보며 서로 다른 무늬의 결로 살아가는 삶을 나누는 만남이다. 알지 못하는 사이의 세월이 쌓여가면서, 책의 두께만큼 나눈 마음들은 귀한 보물이며 소중한 인연이다. 이제는 책을 읽는다는 것이 더 이상 지식을 넓히는 것이 아닌, 지나온 세월과 세상의 울퉁불퉁한 길을 받아들이는 귀한 시간으로 바뀌었다. 알면 알수록 겸손해지며 머리를 숙이게 될 것이라 믿기 때문이다. 종이 위의 단순한 활자 앞에 겸손하게 눈을 맞추며 집중하는 순간, 가슴을 열고 한 장씩 전해주는 글들을 읽으면서 흐름을 따라 걸어간다. 굳이 말하지는 않지만, 모두의 가슴속에는 꺼내어서, 쓰고 말하고 싶은 마치 10권이 넘을 자신의 긴 소설을 품고 있지만, 다른 이가 쓴 책을 읽고 위로받으며 차곡차곡 풀어가며 살아간다. 서로의 어깨를 기대고 어깨를 나누는 마음으로 더 많이 오래 같이 갈 거라고 믿는다.

〈흐르는 강물처럼〉 8X10in 아크릴

어느덧 세상을 알게 되고 그러면서 더 조심하는 염려의 나이가 되어간다. 고집부려 거스
르지 않고, 지금 있는 그대로 안도하며, 오래전에 일어난 그리고 앞으로 일어날 모든 일은
어차피 그리될 일이라고 편안해하며, 흐르는 강물처럼 선선히 흘러 더없이 넓고 큰 바다로
나다를 것이다.

두 번째 책을 준비하면서

　욕심 하나로 시작하였다. 질투는 욕망이란다. 내가 갖고 싶은 것을 다른 사람이 가졌을 때 맹렬히 달려오는, 미처 이루지 못한 욕심의 아픈 감정이라는 것이다. 어느 한순간 참을 수 없는 통증으로 마침내 터져버린 질투는, 두려움과 열등감과 모자람보다 훨씬 더 단단하고 겁이 없는, 용기와 자존감과 자신감으로 새롭게 시작할 이유를 주었다. 글 쓰는 것을 좋아하고 그림 그리는 것을 사랑하고 그러면서 둘 다 완전히 가지고 싶은 나의 욕망은, 쉽게 꺼지지 않는 화로 속의 열기처럼 스스럼없는 따뜻한 온기로 추운 마음을 껴안는다.

　가끔은 내가 쓴 글과 그림을 보면서 부끄러워한다. 그것은 처음보다 조금은 성장해서 부끄러움을 안다는 것이며, 그 부끄러움으로 먼 훗날 더 나은 글을 쓰고, 그림을 그릴 수 있을 거라고 믿어본다. 자신을 온전히 내보이는 것이 두려워, 혹시라도 예전으로 돌아가는 실수를 반복할까 무서워, 뒤를 되돌아보지 않으려고 나비의 날개를 퍼덕인다. 시간의 뻔뻔함으로 그리고 세월의 숫자로 끝까지 버틸 무모함이다. 돌아보며 후회하는 것보다 앞으로 나아가는 더 강한 질투와 욕망으로, 오늘 지금 다시 책상 앞에서 짧은 머리 묶으며 희망한다.

　이제는 내가 나에게 자랑하며 칭찬받으며 또 예쁨 받고 싶다.

- 2024년 1월
김해연

김(이)해연 Jenny Kim(Hae Yeon Kim)

- 이화여자대학교 미술대학 서양화과 졸업
- 2009년 월간 《한국수필》 신인상 수상
- 2009년~2013년 미주 《한국일보》
  '여성의 창' 필진으로 활동
- Santa Clara country Art Fair에서
  두 차례 대상과 장려상 수상
- 2010년 10월 27일
  1회 개인전 《Butterfly~나비 그 흔적들》
  Aegis Gallery, Saratoga CA
- 2020년 2월 4일 첫 작품집 출간
  『나비, 세상 속으로 날다』
- 2020년 2월 4일 서울에서의 첫 개인전
  한국잡지박물관 M 미술관
- 2014년 5월부터 2024년 현재까지
  《San Francisco Journal》에
  『김해연의 글과 그림』으로 연재 중
- 2024년 1월 31일 두번째 작품집
  『사랑 그 소중함』 출간과 전시회

OPEN
GALLERY
SALE
50%
...MORE!!
ÆGIS
GALLE
OF FINE A
OPEN
Tue. Wed. Sun. 1
Th. Fri. Sat. 11-
GALLERY
SALE
50%
...MORE!!
Unique & Beautiful
Gifts and Cards
Shop~
ÆGIS Gallery

Presents

Hae Yeon Kim

"Butterfly"

처음의 두려움과 설레임을 함께 하면서 저의 작품전에 초대드립니다.
애벌레가 껍질을 벗고서 나오기까지의 시간들과 애씀이 나중의
화려한 나비의 날개가 보여지듯이, 저의 노력들을 모아 어쩜 더 나은
내일을 마련하기 위한 날개짓의 보여짐이라 여기시고 함께 해주셨음
합니다.
격려의 눈빛 한순간과 애정어린 따뜻한 손 스침의 고마움들을
기억하면서 저의 좋은 날에 함께 하셨음 하면서 감히 알려 드립니다.
감사합니다.

　　　　　　　　　　　　　　　　　－ 김 해 연 (408.728.3785)

2010년 10월 27일(수) – 11월 21일(일)

AEGIS Gallery of Fine Art
14532 Big Basin Way(at 4th st.)
Saratoga, CA 95070
408.867.0171
*수~일 (12:00~7:00)—월, 화는 문을 열지 않습니다.

Opening Reception
2010년 10월 30일 토요일 2~5pm

M
미술관

서울에서의 첫 개인전 《나비, 세상속으로 날다》

한국잡지박물관 M 미술관

2020년 2월 4일